Dans la ville

Élodie Fiabane

Dans la ville

roman

Flammarion

ISBN : 978-2-0804-3659-7

Si on les voit dormir

Opticien. Kebab. Banque. Boulangerie. Entrée d'immeuble. Pharmacie. Bar. Opticien. Bio c'est bon. Le Centre commercial Italie 2 vous souhaite de merveilleuses fêtes. Feu rouge. Les arrêts laissent le temps de repérer les silhouettes assises ou allongées, le père Noël géant au milieu du rond-point, le sapin bleu au scintillement mécanique, la pluie régulière de LED blanches sur la mairie. C'est beau je reviendrai dimanche me promener avec mon fils. Ils mettent les décos de Noël début novembre maintenant c'est n'importe quoi. On quitte le rond-point pour une rue plus sombre plus petite, sans commerce ni décoration. Un passage à sens unique et trois lampadaires. À l'avant, le chef se contorsionne pour me parler pendant que le chauf manœuvre. Clignotant marche avant. On commence toujours par Frédéric parce qu'il se couche tôt, explique le chef. Il se lève avant l'aube pour traverser Paris pendant quatre, cinq heures. C'est un grand marcheur. Il connaît Paris comme sa poche, comme le bouquin sur les métros, tu sais ? Clignotant marche arrière. Oui le bouquin là, je vois. On fait Frédéric en début de tournée pour avoir une chance de lui parler, de savoir comment il va. S'il dort c'est trop tard. Clignotant marche avant. On ne les réveille pas. Si on les voit dormir, on les laisse. On vérifie qu'ils respirent et on les laisse. Là il est 20 h 30, il doit déjà dormir depuis une demi-heure. Marche arrière sans clignotant. On va aller le voir… si le chauf arrive à se garer un jour. Assise à l'arrière entre le défibrillateur et le sac de soins, je souris à la blague du chef. Autant pour le chef que pour la blague. Le chauf sourit aussi. Il garde son sourire tendu quand il cale en marche avant. Le moteur tousse, cale à nouveau, frein à main. Nous sommes garés. Sur le trottoir, dans un renfoncement, nous éclairons pleins phares un sac de couchage immobile. Frédéric.

Tu descends avec moi ? On lui dépose toujours une petite bouteille d'eau, du café et du sucre pour le matin.

J'ouvre le coffre, fouille dans les tiroirs pour trouver les dosettes maxwell, les petits sachets de sucre, un verre en carton, touillette, cristaline. Et le matin, il fait chauffer le café comment ? Il le fait pas chauffer, il le boit froid.

Je regarde les gros grains au fond du sachet. Ça se dissout dans l'eau froide ?

J'imagine la sensation de croquer des grains de café au réveil, le grincement entre les molaires, l'envie de cracher.

Nous nous approchons du sac de couchage bleu et déposons le petit tas de dosettes et couverts en carton préparé pour lui. Quand nous nous relevons, nous ne partons pas. Nous restons debout face à lui en silence. Nous attendons pour la même raison non formulée. Le sac ne respire pas. On s'accroupit à nouveau pour l'apercevoir ou entendre un souffle. Rien. Je ne sais pas si je viens de servir un café à un tas de pulls recouverts d'un duvet ou si je dois soulever toutes ces couches pour commencer un massage cardiaque brutal, sortir le défibrillateur, trente compressions thoraciques, deux insus, trente compressions, deux insus. Je tourne la tête vers le chef, prête pour son signal. Soudain le tissu bleu se gonfle et tousse deux fois. On peut y aller. On ne le réveille pas on le laisse dormir.

En remontant dans la voiture aux couleurs de l'Institution, voiture verte avec une bande grise sur les côtés, le chef parle bas pour respecter son sommeil. Frédéric, c'est particulier, on le connaît bien, mais la maraude c'est pas seulement donner des produits aux sdf, de la nourriture, des vêtements. C'est surtout discuter, maintenir le lien social dit-il. Frédéric n'est pas du tout représentatif. Enfin ils sont tous différents. Personne n'est représentatif.

Je fais signe que je n'arrive pas à fermer la porte coulissante de l'utilitaire. Elle fonctionne mal, il faut la claquer, regarde. Le chauf tire de tout son poids sur la poignée. Il jette la porte qui se ferme sur mon visage dans un grand bruit métallique. De l'intérieur de la voiture, j'observe Frédéric que le bruit n'a pas réveillé. Je m'assois sur mes mains inutiles pour les réchauffer entre le siège et mes cuisses. Ma première rencontre avec un sdf n'a pas vraiment eu lieu.

Ma vie citadine m'a jusqu'alors tenue éloignée de celle de Frédéric. Tout nous séparait, nous n'étions pas faits pour nous rencontrer et ce soir il dormait. Je ne sais pas s'il se fera dépouiller dans la nuit de ses quelques vivres, s'il les trouvera à son réveil content, ou s'il tiendra le gobelet incrédule en se demandant, Qui peut penser que je mâchonne du café ?

Les oiseaux s'en vont

Le chef toque à la porte, Bonsoir Désiré, c'est l'Institution !

Désiré, allongé sur la plage arrière rabattue de sa voiture, s'assoit pour nous ouvrir la porte gauche. Désiré habite une vieille BX recouverte de feuilles, mousses et poussières, garée près d'un vestige de station essence. La BX semble végétalisée comme les façades des nouveaux immeubles. Elle s'intègre bien aux projets d'urbanisme du quartier.

Je te présente la nouvelle. Désiré me salue d'un grand sourire. Moi aussi sous mon masque covid.

C'est bien ce que vous faites c'est bien c'est bien. Assis voûté, laissant pendre ses jambes de la voiture pour être face à nous, il répète ses fins de phrases pour lui-même. Il nous parle de sa fille à Auxerre. Elle a quitté son mari et doit s'occuper de leurs deux enfants. Et de la belle-mère que l'ex-mari lui a laissée. Elle n'en peut plus d'avoir l'ex-belle-mère sur son dos qui habite avec elle et qui critique et qui critique et Désiré rigole. Sa fille travaille au téléphone dans son appartement, elle vend des forfaits et elle a aménagé une pièce où elle fait la coiffure. Elle s'en sort bien, elle est vaillante ma fille.

Le chauf s'entend bien avec Désiré, il lui promet de faire des crêpes la prochaine fois. Le chauf, protecteur avec moi depuis le début de la maraude, tient à m'expliquer, Désiré est réunionnais, il adore les crêpes et enlève les mains de tes poches, les patrons n'aiment pas ça. C'est un conseil.

D'un bref mouvement d'épaules, le chauf me montre comment il croise les mains derrière le dos, ça lui fait bomber le torse. Pourtant je n'ai pas de patron à l'Institution, association dans laquelle on est tous bénévole. On se répartit les soirées de maraude et les missions de premiers secours. L'Institution apporte l'aide matérielle – les véhicules, les uniformes verts, les aliments – et organisationnelle. Elle donne ses recommandations – ses recos – sur la constitution des équipes et leur hiérarchie : le chauf conduit, le chef choisit le parcours et prend les décisions d'hébergement d'urgence, de soins… et la stagiaire, moi, j'accompagne. À l'Institution, les recos ne sont pas précisément des recommandations. Les recos font loi.

La hiérarchie, généralement justifiée par le salaire, sera gratuite ici, sans autre justification qu'elle-même. J'observe cette hiérarchie sans fondement, les mains croisées dans le dos. Moins pour être digne de l'uniforme que par un réflexe d'obéissance. Réflexe bien intégré par mon corps, de maison familiale en école, d'école en petits boulots, de petits boulots en emploi véritable. La hiérarchie est une comédie : on sait qu'elle est fausse mais elle provoque quand même un effet de croyance. Non pas *quand même*. Jamais *quand même*. Sa fausseté et son effet de croyance sont liés. Elle est fausse et elle provoque un effet de croyance. Ensemble, d'un bloc. C'est là que la comédie sonne juste. On est des bons acteurs de la hiérarchie. Mes mains derrière le dos me crispent maintenant. Je l'ai fait machinalement dès que le chauf me l'a demandé. La soixantaine paternelle, il veut me donner de bons conseils, que je m'intègre. Maintenant j'aimerais remettre mes mains dans les poches par provocation, me tenir moins droite, ôter ma docilité honteuse de classe moyenne. J'essaie de penser à autre chose qu'à mes mains liées. Je regarde ailleurs, en l'air, je vois une corde épaisse et beige accrochée à une haute branche de l'arbre juste au-dessus de la BX. Je n'aurais pas cru Désiré dépressif. Le chauf attrape mon regard au vol et demande à Désiré ce que c'est que cette corde.

Il y a des oiseaux au-dessus, là. Quand j'entends des glands tomber sur ma voiture, ça fait bam bam ça résonne dans la tête je peux pas dormir, je tire la corde et les coups s'arrêtent. Les oiseaux s'en vont.

La branche est huit mètres au-dessus de nos têtes. Je ne vois pas d'oiseaux peut-être à cause de l'obscurité. Je ne les entends pas non plus. Comment tu l'as installée si haut ?

Ah ça, tout le monde me demande. J'ai accroché un boulon à la corde. Je l'ai lancé au-dessus de la branche, je l'ai rattrapé et j'ai fait glisser la corde dedans. Tout seul en marge de la ville, il a inventé son habitat avec sonnette à oiseaux.

Désiré veut bien une soupe chaude et des produits d'hygiène. Je vais à la voiture lui préparer ça, pour lui faire plaisir et pour m'éviter la gêne d'une conversation qui ne redémarre pas. La tête dans le coffre, j'ouvre le sachet de soupe chinoise lyophilisée dans le bol en carton, j'y ajoute l'eau bouillante du thermos. L'odeur me prend au nez, entre les épices et la chimie. Ce sera l'odeur des maraudes. Elle embaumera la voiture et imprégnera mes doigts. Je m'accommoderai aux relents d'arrière-cuisine dans l'habitacle, pas aux doigts qui puent jusqu'au lendemain.

Je donne la soupe bouillante à Désiré. Merci ma belle ! Il explique dans des bruits de succion que l'assistant social a fait une demande de placement à l'Ehpad. Il a soixante-dix-sept ans et la réponse de l'Ehpad dans deux jours. Il l'a déjà visité c'est la rue juste derrière là, à côté d'une... pour les enfants là... Une crèche ? Oui, il y a des très vieux et des très jeunes dans la même rue. Il souffle sur sa cuillère qui fume, la chambre est grande. Il y a même une plaque électrique et la télé. Il aimerait se faire à manger et voir la Coupe du monde.

— Quelle Coupe du monde ?

— Le foot au Qatar !

— C'est passé le Qatar. Tu sais, c'est l'Argentine qui a gagné !

Il laisse sa cuillère en l'air et murmure, L'Argentine ?

— Mais cet été il y aura les JO de Paris à la télé. Tu pourras les voir, c'est bien aussi les JO.

— Oui, c'est bien d'avoir les Jeux chez nous.

Chez nous désigne la ville où nous vivons, Désiré, le chauf, le chef, les bébés de la crèche, les vieux de l'Ehpad et moi. Nous n'habitons pas la ville ensemble, nous l'habitons en même temps, et ces vies séparées forment ce lieu : *chez nous*.

J'aime bien le 100 mètres, c'est des belles courses. Vous passerez me voir ? S'il a une réponse positive, il jure de laisser un mot accroché à l'arbre ou à la corde pour nous laisser sa nouvelle adresse. La semaine suivante, il a obtenu sa place en Ehpad. Nous sommes sincèrement soulagés qu'il passe l'hiver au chaud. Sa voiture est restée dans la rue quelques jours. Grotte de hobbit désertée. Puis il l'a revendue pour les pièces. Nous constituons un petit groupe WhatsApp pour aller le voir à l'Ehpad un soir hors maraude. Le Doodle n'a pas encore permis de trouver une date commune.

Devant les ours

Un ours de deux mètres est avachi sur sa chaise en terrasse de café. C'est l'une des peluches géantes aux yeux ronds qui ont investi les vitrines de l'avenue des Gobelins et donnent aux boutiques un air joyeusement enfantin. Ils prennent un coca en terrasse, jouent ensemble chez le coiffeur, écartent les bras pour un câlin dans le Vintage shop, essaient des lunettes chez l'opticien, mangent une pizza, s'assoient dans les fauteuils à la Fondation Jérôme Seydoux pour la conservation et la diffusion du patrimoine de Pathé. Passant en voiture, nous ralentissons devant eux. À pied, je me serais arrêtée devant les boutiques, j'aurais eu envie d'acheter cette veste en jean à côté du grizzli en short à fleurs. Les ours nimbent le lèche-vitrines d'une naïveté nouvelle. Tous commerçants tous mignons. T'as vu celui-là avec la couronne ?

Nous nous arrêtons pour partager une cigarette avec Son Altesse royale. Le chauf et moi fumons devant le chef qui se gratte nerveusement la nuque. Vous pouvez pas passer une soirée sans fumer ? Le chauf en a besoin, il doit décompresser de sa journée. Il a enchaîné les réunions stressantes. Moi c'est juste pour faire une pause.

— Je suis pas vraiment fumeuse. Je peux m'en passer pendant plusieurs semaines. Je ne fume qu'en soirée, c'est lié à la fête, à l'alcool…

— Ah ? T'es comme Félix, alors !

— Non je n'en suis pas à son niveau, il est indépassable.

De fait, Félix est indépassable dans deux domaines, il est le meilleur secouriste de l'asso et le plus fêtard. C'est lui qui dirigeait ma formation « Gestes qui sauvent ». Un matin, il est arrivé avec une bosse bleue à peine cachée par ses cheveux bouclés. D'après les sous-entendus moqueurs, j'ai cru comprendre qu'il s'était blessé en grimpant ivre sur la statue de la République la nuit même, qu'il avait chanté de là-haut. Ce soir, le chef et le chauf contiennent un rire plein d'anecdotes dans leurs haussements d'épaules. Les exploits de Félix en soirée me seront contés ultérieurement par plusieurs interlocuteurs en plusieurs versions. Et moi aussi un jour, je pourrai avoir ce rire faussement gêné en évoquant *les exploits de Félix*. En plus c'est lui qui gère l'intégration des nouveaux, ça promet. T'es arrivée à l'Institution comme ça ?

Oui, j'ai adoré, j'ai appris à faire des massages cardiaques, à panser des plaies, à prendre des pouls, à compresser des hémorragies, à enlever tout doucement des casques à des motards inconscients, Monsieur vous m'entendez ? Serrez ma main si vous m'entendez. J'ai aimé apprendre ces gestes pour leur précision et leur effet immédiatement visible. L'urgence vitale m'a galvanisée. Plus tard, je verrai cette même excitation immorale chez mes coéquipiers en intervention. Je la reconnaîtrai. Trouver le bon geste face à l'urgence fait partie de la tension et du plaisir.

Après la formation, je voulais entretenir ce petit feu dans mes mains. À l'Institution, il y avait une équipe de maraude que j'ai intégrée. Je rallume la fin de cigarette éteinte par le vent. Je ne leur dis pas que je suis au chômage, lequel m'a donné du temps libre et l'envie de participer à la vie publique dont il m'exclut.

Puisqu'il faut avoir du temps pour pouvoir en donner, je croiserai d'autres chômeurs dans l'Institution. Je ne me présenterai pas comme tel, c'était trop tard. J'avais tu mon chômage, je m'en tiendrai à la version intermittente du spectacle, un statut où l'on enchaîne des CDD d'usage, et j'enchaîne moins depuis trois mois. Le travail reviendrait bien un jour et mon mensonge ne serait plus. Je repense à cet homme qui a fait croire à toute sa famille qu'il était médecin pendant quinze ans alors qu'il passait ses journées dans sa voiture sur un parking. Est-ce qu'il se disait, comme moi, qu'un jour le mensonge ne serait plus ? La mythomanie doit commencer de cette manière, en considérant le mensonge comme du vrai en puissance. Au fond du faux sommeille le vrai ; les mythomanes le savent, les écrivains aussi.

Le chômage a été déterminant dans mon engagement à l'Institution, comme les blagues de Félix, comme la joie de faire les gestes qui sauvent, comme l'envie d'alimenter le petit feu, comme la ville saturée de pauvreté, une suite de faits qu'il serait arbitraire ou malhonnête de hiérarchiser. Expirant ma dernière bouffée de tabac, me revient une autre cigarette échangée quelques mois avant les maraudes. C'est une femme qui s'avance peu à peu sous la lumière du lampadaire et m'aborde. Je n'entends pas clairement sa phrase. C'est à son attitude que je comprends. Elle m'émeut spécialement parce qu'elle a mon âge, qu'elle est brune aux cheveux courts. Elle m'émeut parce qu'elle me ressemble. Je lui tends une Pueblo, c'est aussi sa marque de tabac d'habitude. En fumant ensemble, on arrête le face-à-face pour se mettre côte à côte. Je lui demande si elle est là depuis longtemps, comme à une voisine qui viendrait d'emménager. Elle me répond depuis 7 heures ce matin.

Sentant trois grosses pièces dans ma poche, je les dépose dans sa main tendue. Deux pièces argentées de 2 euros, et une autre rouge mat plus légère qui virevolte sur sa paume. Un jeton de caddie.

Je récupère le jeton débile. Désolée c'est nul.

Elle moque ma générosité de fond de poche et je pouffe aussi. On rit toutes les deux de moi. J'aurais aimé lui éviter ça, la fausse monnaie, probable résidu d'un week-end en province. J'aurais sans doute pu faire mieux. Je suis rentrée chez moi en sentant le jeton de caddie frotter contre ma cuisse. Faire mieux, plus consistant, une légère irritation.

On sourit pour le selfie avec Sa Majesté des Nounours avant de remonter en voiture. Il faut qu'on demande à avoir notre ours en uniforme pour la vitrine du QG. Ça nous ferait de la pub.

Rue du Château-des-Rentiers

Tourne à gauche, là c'est sens interdit. Je découvre les sens interdits dévolus aux voitures, moi qui ne connais mon quartier qu'à pied. C'est la première fois que je le parcours comme ça : en voiture, de nuit, pendant plusieurs heures, observant les trottoirs à la recherche de personnes endormies, guettant spécifiquement les lieux peu éclairés, les replis de la ville. Le 13e arrondissement que j'habite est méconnaissable. Ma bibliothèque le jour jouxte l'entrée du parking de Jean-Mi la nuit. Le parc où joue mon fils le jour cache une petite allée qui, la nuit, se peuple de cinq sans-abri isolés, chacun dans leur coin.

Hors maraude, je n'observe jamais la ville. Généralement, je vais du bureau au métro, du cinéma au bar, du supermarché à mon appart. Généralement je suis de passage. Le trottoir est transitoire, à peine un lieu, presque un moyen de transport. Alors je baisse les yeux, je marche vite, je choisis les voies les plus éclairées les plus fréquentées, j'écoute les pas qui me suivent pour identifier leur sexe et leurs intentions. Généralement je suis une femme.

Habiter son quartier, c'est en avoir une expérience limitée à son propre usage. Je passe sur les mêmes trottoirs aux mêmes heures avec les mêmes gens. De mon quartier, je ne pratique que certains lieux, la poste, la friperie, magasin coopératif bio, école maternelle, centre de loisirs, parc, piscine, cinéma MK2. Jamais le centre commercial Italie 2, ni MacDo ni grand restaurant, je n'y pense même pas. J'ai la vie et les déplacements de ma condition sociale. Femme, mère, trente-six ans, travail dans la culture, intermittence précarisée qui habite encore Paris intra-muros.

Pour autant, la maraude n'est pas une anomalie sociologique. Il n'y a pas d'anomalie sociologique. Tous les maraudeurs sont de classe moyenne comme moi. Engagés pour des raisons différentes, avec la même envie d'aider, certains plus attirés par l'uniforme que d'autres. Nous sommes étudiants en biologie, en espagnol, en médecine, profs, avocats, infirmiers, anciens militaires, employés de mairie, agents municipaux, chefs de projet digital parfois, et Justine qui se présente en cherchant le bac hygiène, Je suis cheffe d'une boîte en faillite, alors ça va j'ai du temps libre. Elle rit, elle n'a pas encore trente ans et monte déjà une autre boîte. Nos métiers et nos chômages nous donnent le temps de consacrer un soir par semaine et certains samedis à l'Institution.

Ensemble on découvre le quartier comme ça, comme on ne l'avait jamais vu. Rue du Château-des-Rentiers c'est là. Gare-toi au 15, on va voir Bertrand. Le chef donne l'itinéraire avec les adresses des habitués. Après, si on a le temps, on peut continuer à parcourir les environs arbitrairement à la recherche de nouveaux.

Chaque mercredi, nous retrouvons tous les habitués à leur adresse. C'est mon premier étonnement en maraude : les sans-domicile-fixe qu'on rencontre ont tous une adresse précise. Un coin de rue qu'ils habitent sans posséder. C'est leur adresse depuis des mois, parfois des années. Les sans-domicile-fixe sont fixes.

J'imaginais la vie de sdf, sans attaches, sans habitudes. Chaque soir un nouveau lieu, de nouvelles rencontres. Je découvre des gens isolés qui aiment l'endroit qu'ils ont trouvé parce que c'est devenu le leur. Pas beau, pas forcément sécurisant, juste le leur. Bertrand, rue du Château-des-Rentiers, habite un courant d'air entre deux immeubles sombres depuis cinq ans, une allée protégée des regards mais pas du vent. Il a choisi le moindre mal.

Le chauf s'énerve tout seul en ratant son créneau. Le chef en rajoute, T'arrives vraiment pas à te garer aujourd'hui ! Je me moque mais on prend toujours le temps de bien se garer, c'est important. On ne gêne pas la circulation, on est dans le bon sens, prêts à repartir si la situation dégénère, si les sans-abri deviennent agressifs, ingérables. On se gare à quelques mètres d'eux pour ne pas qu'ils voient ce qu'on a dans la voiture, pour ne pas leur donner envie de piquer. En l'occurrence, on se gare dans une portion de rue déserte à 21 h 20, sans commerce, sans bar, sans piéton, juste des HLM posés là en quinconce, notre voiture et Bertrand.

On s'accroupit en trépied stable – un seul genou à terre selon les recos – juste en face de Bertrand pour avoir notre visage au niveau du sien, essayer de capter son attention. Lorsqu'on lui propose de la soupe, il fait mollement non de la tête. Ses lèvres miment la prononciation de phrases. Des sons gutturaux sortent çà et là, saccadés, et finissent par former des mots inconnus. Une langue japonisante prononcée très lentement. Une fois relevé, le chef me chuchote Son état s'est aggravé récemment.

Il a une plaie à l'oreille. Je vais chercher la trousse de soins pour désinfecter et faire un pansement avec le chauf, Il a fait un AVC ? Oui, il est comme ça depuis cet été. Médecins du monde passe le voir une fois par semaine. Ils font un boulot super. Le nom « Médecins du monde » m'évoque une misère lointaine, une misère du monde, une misère exogène. Or Bertrand vit en bas de chez moi. Prenant dans le coffre des rasoirs et la mousse à raser pendant que le chauf sort un sandwich jambon-fromage, On le relogera jamais lui, ou alors en hôpital psy. Si t'as pas 1 000 balles de caution et 500 de loyer chaque mois, tu dors dehors. Bertrand ça fait des années qu'il est là. La maladie soignée par Médecins du monde est celle de la propriété. Ils dorment dehors et chopent des ulcères, des gangrènes, des parasites, des maladies exotiques comme l'éléphantiasis, et des maladies locales comme le cancer.

— Il a quoi Bertrand ?

— Je sais pas. Il m'a dit qu'il ne voulait plus prendre de médocs.

— Il te parle ?

— Il fait des signes de tête.

Produits d'hygiène à la main, on parcourt à nouveau les quelques mètres qui séparent la voiture de

Bertrand pour *ne pas leur donner envie de piquer.* Je sais précisément ce qu'il y a dans le coffre. Je l'ai rempli avec Justine, en suivant les consignes du chef qui buvait sa bière dans le local avant le service.

Le contenu du coffre qui tente, qui incite, qui allume :

L'alimentaire (deux thermos de 10 litres, bols de soupe lyophilisée, sachets de thé, sachets de café, sachets de sucre, bouteilles d'eau, pains, sandwichs).

L'hygiène (dentifrices, brosses à dents, savons, gels douche, shampoings, serviettes hygiéniques, déos, mouchoirs, masques covid).

Le vestimentaire (gants, slips, pulls, pantalons de jogging et trois sacs de couchage. On propose facilement les habits, moins les sacs de couchage parce qu'on en a peu).

Ne pas montrer ce qu'on a dans la voiture, ne pas leur donner envie.

Avant de faire des maraudes, j'avais peur des sdf que j'allais rencontrer, de l'alcool, de cris continus, de coups imprévisibles. Mais les crises attendues, espérées peut-être, ne viendront pas. La plupart des sdf que j'ai vus sont amorphes, à moitié endormis, hébétés. On leur demande s'ils ont besoin de quelque chose et ils ne savent pas quoi répondre.

On insiste, Café ? Soupe ? Pull ? Frigorifiés et indifférents, ils font non de la tête. Parfois, ils acceptent un café par politesse, comme on prend un gâteau sec en visite chez grand-mère. Alors s'ils avaient envie de piquer, ça me rassurerait. Ça me plairait même. Ce serait une envie. Une tension qui traverserait leur corps. Je ne sais pas si je serais à la hauteur de cet élan de vie, si je saurais les aider. Mais je saurais le voir.

Un bon spot

Mohammed nous salue de la main quand on sort de la voiture. Il connaît bien l'Institution qui vient le voir depuis un an. Souriant, allongé dans son sac, il n'a ni faim ni soif. Il est fatigué. Il nous salue mais il aimerait qu'on parte. Bon OK pour un petit café et après vous partez.

En ce moment il travaille à Cergy, le nord-ouest de la banlieue parisienne. Ça lui fait une heure quarante aller, une heure quarante retour en RER. C'est long, il est épuisé quand il revient du boulot. Heureusement le chantier ne durera qu'un mois.

Le chef me souffle que c'est payé au black, il est dubliné. Dubliné ? Il ne peut pas obtenir l'asile en France selon le règlement de Dublin. Il ne peut pas travailler légalement.

— T'es payé correctement pour Cergy ?

— J'ai eu 600 déjà. Et vous, vous êtes bien payés pour servir le café ?

— On n'est pas payé.

Il ne me croit pas, montre mon uniforme vert foncé et éclate de rire. Il se moque ou il croit que je mens ? Vraiment on est tous bénévole. La voiture, le matériel, tout appartient à l'Institution. On est bénévole pour aider ceux qui sont dans le besoin et pour maintenir le lien social.

Il va se pisser dessus.

Tant qu'il rit et dans le silence qui suit, j'essaie de ne pas me montrer vexée dans mon uniforme neuf. Je lui sauve la vie et il est mort de rire. Je le vois allongé dans son sac de couchage, dans un recoin protégé du vent par deux murs en angle droit. Un bon spot, à l'abri, mais enfin il pourrait s'en trouver un autre à Cergy et s'épargner plus de trois heures de RER, plutôt que de revenir chaque jour à Paris Sud.

— C'est pour voir des femmes charmantes comme toi que je reviens ici.

— Mais à Cergy elles sont peut-être pas toutes moches ?

— Tu connais pas Cergy.

C'est parce qu'ici c'est chez lui, il a des copains qui passent et il aime bien l'endroit, abrité. Il veut le garder, il le défend. La férocité du marché immobilier à Paris s'étend des T3 aux recoins de rue. Recoins que j'appelle spots. Je m'entends le dire et j'essaie de continuer à discuter sans faire la grimace. Spot nomme volontairement mal le réel pour l'amortir. Ce n'est pas un spot. Mohammed n'est pas un surfeur.

En call

Assis sur un fauteuil de bureau à roulettes, un peu voûté sur lui-même, son portable à l'oreille, il écoute les sourcils froncés, il a parfois une réponse laconique. La négociation se passe mal. L'emplacement du fauteuil, entre un lampadaire et une jardinerie Truffaut, parasite l'image première du commercial en call.

Je sors de la voiture et je sais que ça ne marchera pas. La rigidité des rangers ? Le tissu sans pli de mon uniforme ? Ce que je veux est impossible. Je veux aider les sdf de mon quartier et j'ai peur de le faire seule. Je ne me sens pas assez équipée, pas assez expérimentée, trop faible. Mon envie d'aider a besoin d'un cadre officiel, d'une approche professionnelle de la situation. Pour me débarrasser de mon amateurisme, j'ai endossé le costume de l'Institution. Et c'est ce costume qui produit maintenant la distinction tapageuse entre nous les costumés et eux les sdf. C'est le costume qui dissone quand je leur parle.

Nous nous approchons doucement, perturbons son coup de fil pour lui tendre du pain, de la soupe, une quiche, un café. Il accepte chaque aliment proposé, en restant concentré sur sa discussion. Il lève deux doigts, V de la victoire en notre direction, correspondant à ses deux derniers jours sans manger. Quand il hoche la tête en remerciement de la quiche, se confirme l'absence de portable entre son épaule et son oreille. Il poursuit un peu sa conversation téléphonique puis n'y croit plus. La nourriture qu'on lui donne le ramène à la réalité. Il raccroche sans dire au revoir et aligne méthodiquement les aliments à côté de lui, par terre, sur des serviettes en papier. Pendant que l'humidité du trottoir infiltre les serviettes, il touille son café. Il n'ose pas manger devant nous ou il se garde des provisions.

On lui demande si des associations viennent le voir d'autres soirs, s'il est aidé. Il répond Ça va en pivotant sur sa chaise de droite à gauche d'un rythme lent et régulier.

Où sont les autres ? Tu sais ? Ceux qui vivaient sous le pont avant ?

Mon coéquipier montre le pont à deux étages. Au rez-de-chaussée, il y a un trottoir coincé entre deux routes couvert par l'étage du métro aérien. Apparemment ils vivaient là.

Les tentes ? T'étais pas avec eux ? Il hausse les épaules, Ils sont partis, le contrat est fini. Partis. Ses mains miment l'éparpillement, ses doigts pianotent dans les airs et ses bras s'écartent : une envolée de travailleurs sans-papiers. Quand ses bras retombent, il retrouve ses mains qui cherchent la quiche posée à terre et l'amènent à sa bouche. On lui souhaite une bonne soirée. On est là tous les mercredis, alors dis-nous si tu as des besoins spécifiques. Il montre ses chaussures, des vieilles Adidas trouées dans une flaque d'eau. En quelle taille ?

Il ne sait pas me répondre. Je montre ma semelle de chaussure et répète en articulant, Quelle taille ? Je mesure une distance imaginaire dans l'air. Il regarde sous sa semelle. Je regarde avec lui. On rapportera du 43.

Bon appétit. À mercredi prochain. La structure en métal du pont vrombit au passage du métro aérien et couvre nos voix. En attendant de pouvoir se parler à nouveau, on se regarde en mimant l'excès de bruit. Le chef pose ses mains en boule contre les oreilles pour imiter le casque audio. Le chauf, la bouche entrouverte, fait un petit tourbillon d'index autour d'une oreille. J'ai pensé que des gens avaient dû dormir là, qu'ils avaient dû haïr ce bruit puis s'en accommoder, à la fois le haïr et s'en accommoder, et que le chauf imitait un type d'écouteurs inconnu. Le métro parti, on répète plus fort, Bon appétit. À mercredi prochain.

De la voiture qui démarre, on le regarde à nouveau téléphoner sans téléphone. En tapant nouvelle destination quai d'Ivry sur l'iPhone, le chef demande Tu crois qu'il était fou avant d'être à la rue ou c'est la rue qui l'a rendu comme ça ? Tiens, tu tourneras à droite juste après le feu.

Je repère un appel en absence de ma mère et deux notifications Messenger. Peut-être qu'il n'est pas fou. Il s'occupe devant la vie, il l'imite.

Persistance rétinienne

On a l'air de rôder dans le quartier, on a l'air louche. On roule lentement autour d'un pâté de maisons dans un sens puis dans l'autre. Depuis vingt-cinq minutes quai d'Ivry, on cherche Tatiana. Au début on discutait dans la voiture puis on s'est tu pour se concentrer et par inquiétude. On ne la trouve pas à son adresse. Tous les maraudeurs la connaissent depuis qu'ils ont commencé, certains depuis dix ans, mais elle est sûrement à la rue depuis plus. On ne veut pas la perdre.

— Elle a peut-être trouvé un refuge ?

— Pas après autant d'années dehors. C'est notre seule femme, il faut faire attention à elle.

Pourtant il y a presque autant de femmes que d'hommes à la rue d'après ma formation Maraude et solidarité niveau 1. Ce sont les statistiques des accueils d'urgence et de l'INSEE, 40 % de femmes, 60 % d'hommes. Et Tatiana est la seule femme de nos maraudes ?

— On en croise parfois une ou deux exceptionnellement. Mais Tatiana est la seule habituelle oui. Souvent, les femmes à la rue s'insivibilisent.

— S'invisibilisent ?

— Voilà.

La nuit, elles cherchent des cachettes pour échapper aux agressions, souvent dans des parkings ou sous des escaliers. Et le jour, elles vont aux bains-douches, elles se pomponnent. Occulter sa condition sociale est un processus physique : c'est cacher son corps à la ville, le laver, le maquiller, le parfumer, le déguiser. Invisibles. Parmi nous. Quelle peur, quelle honte, quel péril faut-il porter en soi pour vouloir cacher aux autres son existence ?

On aperçoit une vieille dame, un emmêlement de cheveux gris sur la tête comme un nid déserté, assise sur une bouche d'air chaud, dans l'ombre, en contre-jour d'un parking Indigo éclairé aux LED. Une lumière blanche et homogène qui simule un jour sans fin. Je lis malgré moi les slogans animés sur l'écran vidéo à côté de l'entrée : Indigo Group leader mondial du stationnement, de la mobilité individuelle au service des Smart Cities de demain.

Indigo Group et Dominique Perrault Architecture lancent un concours international qui invite les jeunes architectes du monde entier à imaginer le parking du futur.

Quand mes yeux reviennent à l'obscurité, honteux d'avoir absorbé tant de lumière d'écran, ils surimpriment partout la trace des derniers mots lus. Parking du futur. Futur se dilue et je distingue mieux la vieille dame, Tatiana, un drôle de corps triangulaire qui coule vers la base. Elle porte un gros pull en laine, le reste de ses habits est indéfini, jambes recouvertes d'un jogging ou d'un sac de couchage. Un volume sans bras, et comment sont pliées ses jambes ? Elle m'évoque davantage un minéral. Une masse indiscernable où culmine un nid de paille et des seins très bas, sauf si c'est un gros sac sous son pull. Je ne comprends pas cette forme de femme.

Le chef lui a apporté un cahier de coloriage, elle lui sourit de ses deux incisives. Alors qu'elle feuillette le mandala, le chef me désigne son visage, elle a pris un coup. Je m'approche de son œil et je ne vois rien. Une voiture vient se garer au parking Indigo, ses phares passent sur le visage de Tatiana, flash de violet sous l'œil gauche.

Je lui désigne son œil, ma trousse de soins. Elle fait non de la tête. Je prends un air insistant avec ma trousse. It doesn't hurt too much ? Elle me répond longuement dans un anglais inventé, bricolé avec des langues d'Europe de l'Est. Ses arguments lui semblent valables, je dois ranger la trousse. Un 4 × 4 sort, pleins phares sur nos visages et bruits d'accélérateur. Les nuits de maraude, je m'habituerai à être aveuglée par les voitures qui passent ou à ne rien voir dans les renfoncements d'immeubles. Un rapport physique à la nuit que je n'avais connu qu'en dehors de la ville. Des souvenirs de bivouacs en forêt dans une obscurité dense et tout le monde qui dort sauf moi. Forcer ses yeux à distinguer l'animal des branches. Ne pas crier, l'appel à l'aide attirerait autant l'aide que le danger. Fixer le sombre en espérant que la forme devienne plus nette. Non, ne pas l'espérer, surtout pas. La forme nocturne reste énorme et invisible. Son grognement se mêle au bruissement des feuilles. Avoir envie de pleurer. Au creux de ma peur d'enfant, il y a la jouissance de l'effroi, l'amour de cette impuissance dans la forêt, cette impuissance au monde. Se concentrer à s'en assécher les yeux, voir peu, se sentir faible et à sa place.

Une voiture stationne sous Indigo Group leader mondial du stationnement, moteur allumé, pour le chauffage j'imagine. Le moteur couvre la voix de

Tatiana, j'ai du mal à l'entendre. À rebours du cliché du sdf gueulant en pleine rue bouteille à la main, souvent ils me parlent tout bas. Ils n'entendent plus les accélérations par salves sur le boulevard juste à côté. Ce bruit de fond n'existe plus pour eux. Alors je m'accroupis et branche mon oreille sur la fréquence de leur voix quand les voitures filent à deux mètres de moi. Je me concentre et finis par capter quelques mots, des phrases. Mal les voir, mal les entendre, je me demande ce que je fais là. Parfois l'appétit du sdf quand je lui donne la soupe constitue une réponse. Aujourd'hui Tatiana n'a pas faim.

Elle fouille dans ses jupes, veut me montrer quelque chose sous son pull ou sous son duvet. Des plis de son ventre, elle sort un cahier de coloriage fini. Elle l'ouvre et nous montre feuille à feuille chaque rosace colorée comme un vitrail d'église. Les images défilent sous son doigt et, s'accélérant, les lumières filent à travers le vitrail stroboscopique.

It's beautiful.

Elle referme le cahier, les vitraux s'éteignent. Elle sort un spray de déo, pose le cahier à plat et bombe les vitraux page à page. Une fois finie la déodorisation, elle nous tend le mandala, It's for you, et commence à colorier le nouveau.

Thank you for the drawing. Occupée à une nouvelle rosace, elle ne lève pas la tête. Sorry... The deodorant. Is it to fix the drawing or to make it smell good ? Ses joues sourient en dessinant. You just put deodorant spray on the drawings. Why ? Sans nous regarder elle marmonne dans sa langue. Le chef lance le départ et nous suivons. À mercredi prochain Tatiana ! Wednesday !

Dans la voiture, le chef continue ma formation, Certains veulent parler, peuvent parler, d'autres ne veulent pas ou ne le peuvent pas. Tu réussiras pas toujours à discuter. C'est compliqué le lien social, mets ton gel hydroalcoolique.

— J'en ai pas.

— Tiens prends le mien mais normalement il y en a dans toutes les portières de la voiture.

J'en trouve dans ma portière et regrette de ne pas m'en être mis plus tôt.

— Chaque fois que tu remontes en voiture, tu mets du gel. C'est pour toi et pour les autres sans-abri, pour ne pas faire circuler les maladies entre eux. Il y a deux mois Momo avait la gale.

Finalement le gel gras et translucide ne me donne pas la sensation de propreté. Dans ma portière, je prends un mouchoir pour essuyer le liquide visqueux de mes mains. Je me demande si je peux faire une blague salace aux coéquipiers. L'atmosphère studieuse de l'habitacle m'en dissuade, je feuillette plutôt les coloriages. Les couleurs ne dépassent pas, élève appliquée. Je fais vite défiler les pages mais la lumière n'apparaît pas. C'est une succession de pages ternes, certaines barrées, certaines marquées d'une lettre, s, d'une autre o, puis u s l a b r i d e t a m i s e r i c o r d e des mots français peut-être vus sur le fronton d'une église ou dans un texte religieux. Les a-t-elle recopiés sans comprendre ou comprend-elle mieux le français qu'elle ne nous le fait croire ? Elle ne connaît peut-être du français que s o u s l a b r i d e t a m i s e r i c o r d e. En fin de maraude, on fait un détour pour déposer la nourriture non distribuée à la Javanaise, une association qui offre tous les jours des repas pour les sans-abri et propose également des logements d'urgence. Dans le sac, tu peux prendre une baguette pour toi si tu veux.

Arrivés au local, on enlève le masque covid, on se rhabille en civil et on boit une bière. Alors ta première maraude, ça t'a plu ? C'est pas si dur, l'important c'est de maintenir le lien social. Appeler ça le lien social.

Qui grouille

Arrivée à la maison à 1 heure du matin, je referme derrière moi la porte de mon appartement, doucement pour ne pas les réveiller. Je pose la baguette sur la table, je laisse l'uniforme, le masque et les rangers par terre dans l'entrée. Je me lave les mains et me couche immédiatement, portée par l'envie de m'amollir dans les draps tièdes. Le sommeil vient de ma fatigue, d'un besoin d'oublier l'étau des rangers sur mes chevilles et de l'envie d'éprouver que j'ai un chez moi, volets fermés et sons de la ville atténués par le double vitrage.

Régler l'alarme de mon portable à 7 h 10 et habiter chez moi.

Envisager chez moi comme un refuge, est-ce encore habiter ? Écrirais-je habiter un bunker ? Probablement pas. S'y retrancher plutôt. De la douceur de ma chambre me reviennent des paroles entendues sur des trottoirs contre des immeubles, des langues créées, des cabanes échafaudées, des espaces inventés. Je maraude pour les aider, pour arpenter l'espace public, pour le comprendre. Comprendre et arpenter c'est la même chose. J'y vais pour les rencontrer, pour les écouter, pour prendre le temps de se jauger, de se voir, peut-être même pour me voir aidant les sans-abri. C'est parce que je maraude que je leur parle, que je les nourris, que je pose des questions, qu'ils m'en posent plus rarement, c'est parce que je maraude que nous ne sommes pas égaux. La maraude biaise la rencontre qu'elle permet. L'envie d'écrire vient de ce biais sur lequel je dois enquêter, de cette courbe dont je dois calculer la tangente pour trouver l'espace de mes phrases.

Soient deux cercles, C le mien et C' celui de Tatiana, tangents extérieurement en un point I, l'instant de la maraude, et deux points M et M' respectivement sur l'un et l'autre. Quand l'aire du triangle MIM' est-elle maximale ?

Soient le covid, la gale, les cafards, les blattes, le qui-grouille qui pourraient contaminer chez moi où vivent mon fils et mon mari. Ceux que je dois préserver, protéger et servir. Soient ma famille, ma propriété, mon bien le plus précieux.

Ce soir j'ai marché dans mon quartier, et mon quartier ne grouillait pas plus que d'habitude. Pourtant le chauf conseillait de laver l'uniforme immédiatement et de laisser les rangers sur le balcon dans un sac en plastique. Lors de sa deuxième maraude il y a longtemps, il a marché sur des œufs de blattes et a été envahi dès le lendemain. On se réveille avec des blattes partout entre les lattes du parquet, sur les murs, dans les placards entre les habits, dans les tiroirs de la cuisine, sur le réveil de la table de nuit. Couchée à côté de mon mari, j'aurais dû prendre une douche et je m'endors.

Jeudi matin, mon fils mange le pain que je rapporte de la maraude au petit déjeuner. Appeler ça le pain des sdf. S'en faire des grosses tartines de nutella.

Si tout le monde était comme vous

La boulangère nous dit Si tout le monde était comme vous, sans finir sa phrase. Il n'y a pas besoin de développer, Si tout le monde était comme vous est un compliment et une fin en soi.

Elle ferme boutique le jeudi. On passe tous les mercredis soir récupérer gracieusement les invendus juste avant nos maraudes. Le chef lui répond C'est vous qui êtes formidable, merci de nous aider.

Ils se draguent entre presque sexagénaires qui ne se connaissent pas, une drague charmante sans autre but qu'elle-même.

Merci de nous aider, et avec le sourire en plus.

Là elle ne répond pas et son sourire diminue, elle trouve qu'il en fait un peu trop. Il est 19 h 50. Elle attend qu'il soit 20 heures pour fermer l'établissement et nous donner le pain. On reste statiques dans le couloir de la boulangerie mains dans le dos. On se pousse quand un client entre et demande une tradition, 1,30 € s'il vous plaît, et j'imagine si tout le monde était comme nous.

Des hordes d'uniformes verts parcourraient la ville en demandant aux gens frigorifiés s'ils ont besoin d'aide, café, thé, soupe, sac de couchage, gel douche. S'ils sont suivis par une assistante sociale. S'ils se sentent bien, n'ont pas de problèmes respiratoires, de saignements, de blessures... Parfois elles emmèneraient un homme à la jambe infectée aux urgences. Parfois elles donneraient un sandwich au thon.

Ainsi les hordes maintiendraient en vie.

Elles iraient de sans-abri en sans-abri apporter leur aide. Puis au milieu de la nuit, fatiguées et heureuses d'avoir œuvré, les hordes de propriétaires et de locataires se sépareraient, chacun enlèverait son uniforme, boirait une dernière bière et rejoindrait son appartement.

Ainsi les hordes maintiendraient l'existant.

Si tout le monde était comme nous, je bute sur la phrase au même endroit que la boulangère. Si tout le monde était comme nous, les gens à la rue seraient moins seuls et toujours à la rue. En dix minutes, elle réalise deux ventes et nous ressortons avec un grand sac de pains aux trois céréales, aux figues, aux noix, quiches et sandwichs. Merci, à mercredi prochain.

Du clientélisme

On rapporte le sac-boulangerie à la voiture où nous attend le chauf avec le moteur qui tourne. Il nous crie du siège avant, J'ai laissé le chauffage, la voiture affiche – 4°C dehors. On va se cailler cette nuit. Le chef fait une blague impliquant un slip en laine qui gratte. On a prévu davantage de gros duvets à distribuer, on a bien fait. Je mets mon bonnet resté dans ma poche et reprends le bourrage du sac à pain dans le coffre. Une femme apparaît derrière moi, silencieuse. Je dissimule un sursaut en lui proposant un sandwich. Non merci, elle vient de manger. Quarante ans, hirsute, habillée en beige, sale. Elle veut rester discrète pour ne pas gêner et sa discrétion lui donne une maladresse effrayante. Ça irrite le chauf qui affirme devant elle, C'est du clientélisme.

Elle sent l'accusation mais n'a pas l'air de savoir ce qu'est le clientélisme. Le chauf non plus, pour qui la définition semble être « agir comme le client capricieux d'un magasin », la version policée d'« elle se fait pas chier ». Quel que soit le sens donné à ce mot, ce n'est pas du clientélisme, ça ressemble à de la misère, à des besoins vitaux. Devant les réticences du chauf, elle se sent obligée de se justifier. Elle s'appelle Safiya, elle a mangé à la Javanaise à 19 heures, c'était un steak haché et des épinards. Elle donne des détails comme pour crédibiliser son témoignage aux flics. Elle ne peut pas dormir à la Javanaise où la cantine est mixte mais les logements d'urgence réservés aux hommes. Elle est seule à la rue, elle a besoin de nouveaux sous-vêtements et de gel douche.

Je lui prépare un sac en plastique avec gel douche, shampoing, serviettes hygiéniques au cas où elle n'oserait pas demander, bouteille d'eau. Nous n'avons pas de sous-vêtements mais on peut en avoir pour la semaine prochaine. Quelle taille ? On passe tous les mercredis, on peut la retrouver où ? 95C place Jeanne-d'Arc. Elle n'a pas d'endroit à elle dans la rue. Souvent, elle se met place Jeanne-d'Arc devant la Croix-Rouge pour qu'on la voie. Elle se dit qu'en restant visible, elle se fera moins agresser. Quand elle peut, elle dort chez des hommes pour être au chaud. Elle préfère faire la pute que faire la manche. Quand elle le dit, j'entends la formule plusieurs fois répétée, le plaisir qu'elle a à la prononcer et à me voir ciller. La sonorité qui claque a pris le pas sur ce qu'elle ressent vraiment. Sauf si ce qu'elle ressent vraiment est le froid. En ce cas, dormir chez des hommes est bien une solution.

Oui elle est suivie par une assistante sociale qui l'aide pour les papiers. Pour l'instant ses dossiers sont en cours, elle espère un logement stable et le RSA. L'assistante affirme qu'elle y a droit, c'est une question de temps. Je l'écoute sans arriver à oublier faire la pute. Je la vois habillée en survêtement, pas maquillée, n'adoptant pas les codes de la féminité, n'essayant pas d'augmenter sa valeur sur le marché sexuel. Elle n'est pas dans une logique de marché, elle a une autre logique, la sienne. Un code d'honneur où le pire est de faire la manche.

Elle réprouve sans colère, D'habitude quand vous me voyez, vous ne vous arrêtez pas. Elle a déjà vu passer la voiture de l'Institution le soir. Je lui dis que mes collègues n'ont pas dû la voir, qu'on viendra la semaine prochaine place Jeanne-d'Arc avec le soutien-gorge. Je sais qu'on lui rendra visite avec ce qu'elle demande, je ne lui mens pas. Je sais aussi qu'en maraude, quand une gueule ne nous revient pas, on hésite on jauge on ne s'arrête pas. On n'a pas le coup de cœur. Je lui ai peut-être menti. Il est possible qu'une équipe l'ait vue et ne l'ait pas sentie. Parfois on commente depuis la voiture.

Cette nuit-là, en fin de maraude, on passera place Jeanne-d'Arc, frigorifiés et contents d'en avoir fini. Aucune circulation. On est les rois de la route, on prend le rond-point à toute allure et on voit Safiya assise dans la lumière d'un lampadaire, sur la marche devant la Croix-Rouge française fermée à cette heure. Elle nous aperçoit, on se fait coucou.

La machine

Un silence prend place dans la voiture et s'étend avec l'odeur de soupe. Un silence que l'aura chrétienne de notre activité permet d'appeler religieux. C'est aussi une fatigue de fin de journée et la difficulté à installer une camaraderie entre presque inconnus. Nous nous sommes inscrits à la maraude du soir chacun de notre côté, et nous nous rencontrons à cette occasion. Probablement pour créer une cohésion de groupe, la cheffe, Gaëlle, me propose de faire l'annonce radio de départ comme on accorderait une faveur. Je n'en ai pas l'envie et je ne veux pas refuser. Quand elle me souffle la phrase à mémoriser, je pose ma voix au plus grave, saisis le combiné lié au tableau de bord par un cordon entortillé en plastique, comme les voitures de police des séries américaines du temps où les séries étaient méprisées, réservées aux enfants et aux retraités. Je répète en pensant à Starsky et Hutch, Le 13 part en mission et garde l'écoute.

Gaëlle rit, Pas en mission. En maraude !

En rendant le combiné à l'avant, ça bipe à côté de moi.

Je regarde la machine qui s'est allumée involontairement sous mon coude. Elle commence à chercher un pouls dans le vide. J'ouvre le clapet pour l'éteindre au plus vite, Désolée cheffe. Je pense la machine, il faut penser le T7. Les abréviations mettent encore quelques secondes à me revenir, à signifier. Bientôt elles ne seront plus des abréviations, elles seront les choses mêmes. Le T7 sera ce long sac en bandoulière gris avec deux poches rouges qu'on utilise en premiers secours, qui permet d'obtenir des constantes vitales rapidement, et qui fait aussi office de défibrillateur. Bientôt je connaîtrai chaque fonction du T7. J'en oublierai de demander d'où vient son nom. Le T7 désignera le T7, ce sera son nom, comme une chaise désigne une chaise.

J'apprends des mots et les choses correspondantes, gestes de premiers secours et abréviations des différentes aides sociales. Ainsi l'expression *finir par un massage* qui signifie désormais *finir par un massage cardiaque* a perdu en sous-entendu érotique ce qu'elle a gagné en excitation devant l'urgence vitale. Je me découvre une nouvelle source d'adrénaline et une appétence pour ces mots et ces choses. Elles me renforcent, c'est aussi pour ça que j'y reviens tous les mercredis. L'Institution agrandit mon réel.

On se présente pendant le trajet. Le chauf s'appelle Adrien, militaire à la retraite.

— À la retraite c'est pas possible, t'as quel âge ?

— Trente-neuf ans, mais je suis pas en vacances non plus… Avant j'étais sur le terrain, maintenant je bosse dans les bureaux du ministère, c'est différent, intéressant aussi. On travaille sur des dossiers importants.

— Tu es à l'Institution depuis longtemps ?

— Depuis que je suis revenu en France, ça fait deux ans. Les maraudes, ça me change du bureau. Donc ça va quand même, je fais des trucs, c'est pas la retraite totale.

— La « retraite totale », on dirait un slogan de manif.

Un chef m'avait précédemment dit On fait pas de politique. Cette fois, Adrien ignore l'allusion à la réforme des retraites, il laisse le silence me répondre. La politique n'est pas un sujet. La rigidité militaire d'Adrien n'est pas pour rien dans l'esprit de sérieux de ce soir. Je regarde sa nuque contractée, le craquement nerveux de son poignet quand il passe les vitesses. Il jette de vifs coups d'œil dans le rétroviseur central où nos regards se croisent incidemment. Et on ne baisse pas les yeux. On se jauge un peu trop longtemps sans savoir ce que cette durée veut dire. Elle contient un début d'hostilité et de séduction dans des proportions encore inconnues. Le feu est vert, informe la cheffe. Elle demande à Adrien s'il est fatigué. Il débraye, Ça va je suis en forme.

— Vous avez fait quoi ce week-end ?

— Je me suis occupée de mon fils, je l'ai emmené au dessin, au parc… ce genre de choses. Et toi ?

— Compét' de muay thaï tout le week-end, et on a fêté la victoire le dimanche soir.

Avant que je ne la félicite, elle me tend son portable et me montre une vidéo pixélisée de deux femmes qui se battent sur un ring.

— T'es où ?

— Le short jaune.

— Faut pas te faire chier, elle t'avait mal parlé la dame ?

— Non elle a même pas essayé de parler.

— Tu fais ça depuis longtemps ?

— Cinq ans, mais j'ai toujours fait des sports de combat, depuis gamine.

— Et toi Adrien, ton week-end ?

— J'ai fait mes cartons. Le week-end prochain je déménage. Je m'installe chez ma copine.

— Et tu cherches des gens pour t'aider ? propose Gaëlle spontanément.

— Oui, j'ai pas beaucoup d'affaires. Ce sera une demi-journée max.

— Tu peux mettre un message sur le groupe WhatsApp de l'Institution. Sur les cinquante bénévoles, on est à peu près cinquante à faire ce que tu veux contre une Leffe.

Le portable de Gaëlle dans les mains, je la regarde lancer son pied dans la gueule de son adversaire alors que je la connais si patiente et attentionnée. Gaëlle, chargée de marketing comme sa mère, et Adrien, militaire à la retraite comme son père, ont en commun une vie de classe moyenne blanche citadine dans laquelle ils ont de l'énergie en trop. Ils en veulent plus. Ils ont une faim qui doit être rassasiée ailleurs qu'au bureau : dans les maraudes, dans l'armée ou dans le muay thaï. Ils y trouvent aussi des copains pour leur déménagement. J'aurais cru que le bénévolat attirerait des gens charitables, croyants ou avec un tropisme de gauche. Bien que sensible à la pauvreté, le bénévolat auquel je participe est aveugle au sacré et à la politique, il est une recherche d'intensité.

— On va bientôt faire le plein, non ?

Apercevant un homme au loin, la voiture hésite, ralentit. Habillé d'un boubou trop léger pour la saison, immobile sur un trottoir près des bureaux vides et allumés, il n'a pas de téléphone à la main, ne bouge pas. Seul sur l'avenue, il ne fait rien. La voiture tergiverse, puis s'arrête devant lui, baisse la fenêtre et demande :

— Ça va monsieur ?

— Oui ça va.

— Vous n'avez pas de souci ?

— Non non ça va.

— On est l'Institution, on fait des maraudes dans le quartier pour ceux qui ont besoin.

— Vous faites quoi ?

— On propose à manger, des produits d'hygiène…

Il attend qu'on développe. Gaëlle poursuit en n'y croyant plus :

— Ça vous intéresse ?

— Ah non, c'est pas pour moi, moi je suis propriétaire, madame.

— Ah d'accord, pardon monsieur.

— Je suis propriétaire de trois appartements même. Un appartement dans le sud, à Ivry, un autre encore à Ivry, et l'autre dans l'est. Trois appartements.

— Ah oui trois, quand même…

— Oui, vous voulez voir les factures d'électricité ?

— Non non on vous croit monsieur.

Il cherche pourtant sur son téléphone.

— On vous croit et on vous laisse tranquille, on vous souhaite une bonne soirée !

Adrien passe une vitesse et éclate d'un rire tendu. La voiture mortifiée accélère. On fait pas de politique et on s'est arrêté devant un homme inactif et noir.

À la station Total, Adrien paie avec sa carte le plein d'essence que l'Institution remboursera sur facture. La Porte d'Italie est déserte, la lumière blafarde de la station Total révèle un graff, c'est une femme à la main squelettique. On entend quelques voitures sur le périphérique lointain résonner étrangement contre le toit de la station. L'éclairage pourrait frémir dans un grésillement puis nous laisser dans la nuit. Adrien s'énerve sur la machine qui ne lui donne pas de reçu. On prend en photo l'écran de la pompe avec le montant du plein pour preuve.

En repartant, on voit un homme ivre tituber au milieu de la rue, T-shirt déchiré. Il hurle. Oh le piche ! Adrien se moque, pas la cheffe. Il a l'air mal, gare-toi on va le voir… Le piche – en langage de pompiers qui a infiltré celui de l'Institution – est un homme ivre sur la voie publique. Selon son état d'ébriété, on peut être contraint de l'emmener aux urgences, et personne ne veut se coltiner un piche, mot qui contient le mépris et la lassitude de s'en occuper. On s'approche de lui, il se calme et nous montre l'endroit où il dort pour qu'on le retrouve la semaine prochaine. Il a une table de chevet, un livre dessus et un cadre avec une photo de deux enfants. Le piche, c'est son nom, comme une chaise désigne une chaise.

Le corps se fait à tout

Dans le quartier des Peupliers, nous regardons les rues pavées et piétonnes, les maisons individuelles colorées, fleurs aux fenêtres, chat avec collier, placette arborée avec la boucherie des Peupliers, le pressing des Peupliers, le café des Peupliers. Tout le quartier semble s'accorder pour mimer le village de charme caché dans Paris. Sous un arbre qui n'est pas un peuplier, contre la borne de recharge électrique Belib' reliée à une Tesla, un homme assis ne participe pas au village de charme. En première approche, nous proposons un café à Farid et n'obtenons pas de réponse claire. La soixantaine un peu endormie, il marmonne. Je prends ça pour un oui, et lui apporte un café. Ça lancera la conversation. Au pire, je le boirai.

Quand je lui tends le gobelet, il le regarde indécis puis lève lentement ses bras pour le saisir. Mes mains déjà froides se glacent au contact des siennes rigides et bleues. Les mains d'un mort. Il me regarde pourtant, son café entre ses mains de mort. Hypothermie modérée.

Dans le cas d'une hypothermie légère, le corps sent sa température trop basse, entre 32 °C et 35 °C, alors il essaie de se réchauffer. Il augmente sa fréquence cardiaque et respiratoire. Ses muscles se contractent vite et régulièrement pour provoquer des frissons qui réchauffent l'organisme. Le corps se fait trembler, provoque son propre élan vital. Le corps s'accroche à lui-même et tient bon.

Sous 32 °C, le corps cesse de frissonner. Épuisé, il n'arrive plus à lutter contre le froid. Il change de stratégie : ses fréquences cardiaque et respiratoire diminuent, il se concentre sur ses fonctions vitales. Il abandonne les extrémités qui se refroidissent, se raidissent, mains, pieds, oreilles. Le cœur bat moins vite pour se protéger. Le principe de l'hibernation. Perte de mobilité et de sensibilité. Les mains de mort de Farid.

S'il se refroidit encore, il risque l'arrêt cardiaque. On lui explique qu'on veut l'emmener au chaud. Il n'est ni pour ni contre. On le soulève à deux en le prenant sous les bras. On sent ses habits qu'on découvre mouillés. Il se laisse faire sans nous aider de ses jambes. Il n'est pas assez conscient, ou ses jambes sont déjà raidies par le froid.

On l'emmène dans la voiture. Assis à l'arrière, on le déshabille, on lui met un pull sec. On n'a pas de pantalon de rechange. L'urgence vitale ne me fait pas complètement oublier le dégoût du contact avec l'habit souillé, avec sa peau humide et sale. Dans la voiture, en slip et pull sous une couverture de survie dorée, il regarde ses affaires laissées à sa place où gît une flaque : une bouteille de rhum avec un fond orange, un paquet de tabac à rouler, une boîte de taboulé entamée. Je bourre tout dans un grand sac-poubelle noir avec ses vêtements. Je jette le café refroidi sur le trottoir. Chauffage à fond dans la voiture, je prends les constantes de Farid. Sept ventilations par minute. Le thermomètre affiche low. J'annonce les infos au fur et à mesure dans la voiture, accueillies sans commentaire. Quand notre thermomètre affiche low, on sait que la température est passée sous les 30 °C, trop basse pour être mesurée.

Sept ventilations quand le minimum attendu est douze.

Low quand le minimum attendu est 36 °C.

La voiture démarre calmement, l'équipe silencieuse sait qu'on se rend aux urgences. La cheffe parle bas au talkie, On va à la Pitié. J'entrouvre la pochette du défibrillateur, je fixe son cou, guette ses respirations lentes et calcule leur rythme. Une toutes les dix secondes. C'est long, dix secondes. C'est pesant. L'arrêt cardiaque est probable, on est prêt, tendu. On le craint tellement qu'on l'attend. Dans la chaleur de la voiture, Farid s'agrippe au papier doré, plie un peu les doigts. Son corps se désengourdit. Ses mains blanches rougissent. Tu sais qu'on va à l'hôpital ? C'est pour te réchauffer. Il opine un peu de la tête, ou c'est un mouvement réflexe.

Arrivés précipitamment à l'hôpital de la Pitié-Salpêtrière en jonglant entre les voies de bus vides et les feux orange, on attend. On l'inscrit aux urgences, on l'allonge sur un brancard avec sa couverture qu'il ne lâche plus. Pendant qu'il se réchauffe en salle d'attente, on veille à ne pas le laisser seul. On se relaie aux toilettes pour se défaire de nos vestes tachées de son vomi, pour savonner nos mains, nos avant-bras et noyer l'odeur de bile dans le lavabo. Je continue de frotter du coude jusqu'au doigt, même lorsque la matière est partie, pour chasser le mal. Et l'odeur reste. Je savonne sans savoir si elle est sur ma peau ou déjà au fond de mon nez dans mon crâne. On attend encore une demi-heure en manches courtes à côté du brancard, puis on le laisse à 30 °C avec notre couverture et son sac-poubelle.

Ambiance maussade dans la voiture, nos vestes sont dans le coffre. Sensation d'avoir sauvé Farid et de l'avoir abandonné. Son urgence n'est devenue médicale que par ignorance de l'urgence sociale. Il est presque minuit mais on n'a pas le courage de finir là-dessus. On s'en fait encore un ou deux. Lorsqu'on passe devant sept tentes cachées sous un pont, le chauf désigne d'un mouvement de tête, Au début on s'arrêtait là. Il n'y avait qu'une tente pour deux personnes. Là il y a trop de tentes et ils aiment le crack, c'est dangereux si on est pris à partie… On n'est que trois équipiers, c'est un cul-de-sac, on ne peut pas repartir vite en voiture. C'est la BAPSA qui viendra les voir. C'est des policiers qui font des maraudes, ils sont armés pour ça. Je demande si je dois comprendre armés au sens littéral ou s'ils sont armés psychologiquement et intellectuellement. Personne ne sait dans la voiture si les armes sont littérales ou métaphoriques. L'Institution recommande à ses équipes d'aider les sdf isolés parce que ce sont les plus fragiles et pour assurer la sécurité des équipiers. Nos maraudes pallient et recherchent la fragilité. L'Institution, pour des raisons pratiques, soutient une certaine vision de la vie à la rue. Nous n'aiderons pas ce groupe de sdf agressifs, défoncés et toujours ensemble en bas de Maisons du monde. Nous avons peur de leur force cumulée.

On repère un nouveau, un homme, la trentaine, noir, allongé sur une grille de métro qui souffle de l'air chaud. On s'arrête à quelques mètres. De loin, il nous fait un non ferme de la main, le visage absent. La cheffe y va seule pour essayer de lui parler sans imposer toute l'équipe. Elle revient une minute plus tard, non vraiment il veut qu'on lui foute la paix.

On le laisse à regret. On ne va pas lui prendre sa température de force. La plupart des sdf ne sont pas si heureux de nous voir arriver. Ni contents ni surpris. Ça tient à l'heure tardive de nos visites, certains ont commencé leur nuit. Ça tient aussi à un tempérament de la rue qui consiste à ne se réjouir de rien, à attendre de voir venir. Le flegme de la rue. Et je me vois déçue, j'espérais les aider, les réchauffer, me réchauffer à leur intensité, aux épreuves qu'ils ont traversées, à leur vie d'autant plus éprouvée qu'elle est éprouvante. Et je me cogne au flegme.

La rue a sa propre force agissante sur les humains, et la rue, à force, modèle les corps, modèle les tempéraments. Elle produit une indifférence à la société maltraitante. Leur corps a basculé dans autre chose. Une hibernation psychologique. Une autre perception du temps, de la lumière, du bruit. Ils ressentent moins pour se protéger de la violence qui leur est faite. Ils se sont désensibilisés comme le corps de Farid.

Je guette l'heure sur mon iPhone. Minuit. Mon corps et mon tempérament de domiciliée trouvent qu'il est bien tard. Ils peinent à garder leur enthousiasme en servant encore une soupe. Ils ont hâte de retrouver leur appartement chauffé, leur verre de rouge devant Netflix et leur lit. L'envie de rentrer chez moi, de me rassurer, et de m'extraire de l'espace public. L'envie de retrouver l'espace privé auquel j'appartiens ; le confort d'un chez-soi devenant appartenance.

C'est la même envie de privé qui me fait partir au milieu d'une fête, Bientôt le dernier métro je vais y aller ça m'a fait plaisir de vous voir bonne fin de soirée. Mon envie de rentrer à une heure correcte comme Cendrillon. Mon envie d'être conforme à l'ordre. Seul mon lieu privé est à moi. Je ne vis pas les lieux publics comme les lieux de tous, comme du commun. Les lieux publics sont propriétés d'autrui, territoires étrangers. Je respecte. Je travaille pour l'ordre même sans uniforme.

Dans la ville

L'heure correcte est une norme de domiciliée, pas de sdf. Quand je les rencontre, ils ne savent pas l'heure, c'est la nuit. Ils ont un ressenti de la temporalité différente, hallucinée. On reste discuter une heure avec l'un, Ah vous partez déjà ? On reste cinq minutes en début de soirée avec un autre qui croit apercevoir les premières lueurs du matin. Dérèglement des horloges et des sensations. Il fait froid mais ça va. Merci pas de café. Le corps s'habitue à moins, moins de nourriture, moins de chaleur, moins d'hygiène. Le corps se fait tout petit, se fait à tout puis il meurt.

Il a un couteau

Allez, encore un dernier avant de rentrer, mais les rues sont vides. Minuit passé. On roule sur l'avenue de France déserte. Quatre hommes surgissent derrière nous. On fait quoi ? Ivres, ils courent sur la route et nous hèlent. Habits en lambeaux. L'un chute, se relève et reprend sa course. Quatre zombies très énervés. On s'arrête ? La cheffe ne répond toujours pas. Le chauf pile, frein à main et warning. Ce n'est pas dans les recos. On est garé au milieu de la route et les quatre arrivent en courant.

On sort de la voiture. Calmez-vous, remontez sur le trottoir. On va discuter, remontez sur le trottoir. Je prépare les soupes à l'arrière de l'utilitaire, éblouie par nos feux de détresse. Quand je verse l'eau brûlante dans le bol en carton, je garde un œil sur l'homme juste derrière moi. Je me retourne en me décalant pour le lui donner à bonne distance. Tu veux la soupe ? Oui, il tend les deux mains, un opinel replié dans l'une d'elles. Ses mains enserrent le bol en carton pour se réchauffer, il marche docilement jusqu'au trottoir. Je prépare une autre soupe pour le suivant, en glissant à ma cheffe, Il a un couteau. La soupe ne les calme pas ; ça les excite presque. Ils nous disent que le 115, le numéro pour les logements d'urgence, ne répond pas. La cheffe réessaie d'appeler le 115 pour faire bonne figure. On sait bien que ça ne répond jamais. Que tous les dortoirs sont complets. On fait semblant, on temporise. C'est un rôle dégueulasse et ça tombe sur nous.

En maraude me vient parfois dans les doigts la sensation réelle d'aider, d'agir bien. Là non. Je tends le deuxième bol et la maraude ce n'est que ça. Tendre des bols. Temporiser.

La cheffe finit par leur expliquer ce qu'ils savaient déjà : il n'y a pas de lits. Son autorité maternelle marche bien. Ils acceptent tous la situation, sauf celui au couteau qui balance sa soupe. Bras levés, il donne des coups de tête nerveux dans le vent. Il s'approche du chauf pour se battre. Il choisit le seul homme du groupe, peut-être par galanterie. Le chauf fait quasiment 100 kilos et appuie la douceur de sa voix, Eh calme-toi le roi du Maroc. Je m'attends à ce que ça le mette hors de lui, mais non. Selon un processus psychologique qui m'échappe, ça l'apaise. La cruauté du surnom l'a saisi, ou le racisme. Ou alors « roi » lui a plu.

Face au coffre, je verse l'eau bouillante dans le dernier bol de soupe lyophilisée. Je ne me fais pas à l'odeur. Je donne chaque soupe, méfiante, en trouvant leur agressivité presque normale, mieux que l'apathie. Au moins ils sont en vie.

Je demande au chauf Pourquoi tu l'appelles le « roi du Maroc » ?

Il glousse, Ça lui va bien ! Sans méchanceté. Pour rire. Un racisme très doux et attentionné. Il sert bénévolement un café au roi du Maroc qui ne voulait pas d'autre soupe, le 115 lui a coupé l'appétit. Tu veux un sucre ou deux ?

— Deux.

— Tiens, t'as un opinel ?

— Oui, regarde la lame, c'est mon père qui me l'a donné, il fait aussi tire-bouchon. En bois de hêtre. Il est beau hein ?

Discutant la beauté de la lame, entre admiration et intimidation, le chauf et le roi sympathisent.

De loin, Louis nous voit avec le petit groupe, et s'approche le pas léger, insensible à la tension collective. Il a dix-neuf ans, des cheveux blonds, le bac, une nonchalance séduisante. Il a faim, il dort dans le métro là-bas tranquille au chaud avec des amis, il est à la rue depuis cet été.

Je lui donne un sandwich tomate-chorizo. Il n'est pas à la rue depuis longtemps, et il a sa jeunesse. C'est pour ça qu'il a faim. On va voir tes copains ? Ou je te donne d'autres sandwichs pour eux ?

Non ils dorment, pas la peine d'aller les emmerder.

Le refus net de Louis cache une autre histoire, il ne nous dit pas tout. On pourrait soupçonner un mec qui veut juste piquer un sandwich pour rigoler mais il y a autre chose. Sa nonchalance est suspecte. Il s'éloigne avec son sandwich et une bouteille d'eau. On lui crie, On vient tous les mercredis soir, si tu as besoin d'aide, de nourriture, de vêtements, tu nous dis. Il est reparti, monte les marches de la Bibliothèque nationale de France, va peut-être manger sur l'esplanade désertée à cette heure. La cheffe m'explique sa théorie de la migration des punks à chien. Normalement les jeunes sont beaucoup là l'été, et ils s'en vont l'hiver. Ils retournent chez leurs parents, ils font des manifs, ils intègrent leur Unité de Formation et de Recherche de sociologie.

Alors pourquoi Louis n'a pas réintégré son Unité l'hiver venu ?

Et pourquoi accepter le sandwich au chorizo ? Un humain qui accepte un sandwich au chorizo est quelqu'un qui n'a pas le choix, un type au pied du mur. La cheffe rit mais on a vu toutes les deux la faim de Louis.

De retour dans la voiture, elle me tend son iPhone :

— C'est toi qui remplis l'appli Maraude. Tu connais ? Ça se présente comme ça, le nom, l'adresse.

— Ah oui c'est pratique.

Les membres de l'Institution communiquent d'un soir sur l'autre grâce à l'appli Maraude. On entre notre identifiant et notre mot de passe. On note chaque rencontre, chaque besoin. Toutes les maraudes précédentes sont archivées : qui nous sommes allés voir, à quelle adresse, ce que nous avons donné, les besoins. Par exemple Gilles avait besoin d'une tente, on la lui a apportée cette semaine. D'un mercredi sur l'autre, nous retournons les voir pour faire un suivi. Pour pas se faire avoir et donner trois fois de suite un duvet à la même personne, regarder comment l'état de santé évolue, si les gens sont agressifs, ce à quoi on doit être attentif… Tout ce qui peut nous aider.

Je remplis le QCM :
4 hommes en état d'ébriété
115 Avenue de France
X Agressivité
X Contact difficile
X Don de nourriture
X Appel au 115

1 homme 19 ans
Louis
115 Avenue de France
X Contact facile
X Isolé, pas d'aide d'autres structures

On les aide et on les fiche. Pour Louis je coche X Don de nourriture.

Vous refusez le don

Ce samedi matin 6 h 30, je marche jusqu'au Carrefour Market à deux rues de chez moi, thermos de café et gobelets en carton à la main. Cette fois, le café est pour mes coéquipiers. On prépare le stand avant l'ouverture du magasin. Greg est déjà en uniforme, il a apporté un gâteau au chocolat pas assez cuit dans du papier aluminium. On appelle son mi-cuit le mal-cuit et on se régale comme à un goûter d'anniversaire. Le bénévolat est une douce régression, c'est avant qu'on soit payé, avant qu'on devienne des adultes. On se place debout en rond, on mange sucré et on voit les copains. Trop fort Greg, tu me fileras ta recette, merci t'es un chou Greg. Merci t'es un amour. Merci t'es l'homme idéal. Merci t'es un homme déconstruit. Pour la collecte annuelle, on se relaie toute la journée sur des créneaux de deux heures et demie afin de demander aux gens qui viennent faire leurs courses d'offrir à l'Institution les produits nécessaires aux maraudes. On donne des flyers aux clients avec la liste : produits d'hygiène, alimentation et sous-vêtements (caleçons et chaussettes). Pour les autres vêtements, il y a le stock de la Croix-Rouge, un sous-sol immense où l'on va se servir tous les six mois. On leur explique aussi nos actions. On accepte les dons numéraires sur notre site internet, renseigné en bas du flyer.

En uniforme de jour au Carrefour, je croise une voisine qui me félicite, elle ne savait pas que je faisais ça. Je lui donne le flyer. Allant vers les acheteurs, j'ai l'impression de mendier, c'est compliqué de demander de l'aide. Même si ce n'est pas pour moi, que c'est juste, que c'est nécessaire, c'est compliqué. Une maman de l'école qui saisit un panier à roulettes s'étonne de me voir, elle ne savait pas que je faisais ça.

Je souris et donne le flyer, ça va être long ces deux heures. On commence à remplir des caisses où l'on classe les dons. Je range les shampoings et gels douche dans un bac, serviettes hygiéniques et rasoirs dans un autre. Les produits sont souvent des premiers prix et la marque Carrefour. Le magasin nous laisse gracieusement le droit de demander la charité aux clients, ce qui augmente incidemment les ventes du jour. Samedi dernier c'était la collecte pour la Fondation des femmes, j'avais donné des serviettes hygiéniques à des jeunes en T-shirt violet.

Comme je range les boîtes de thon dans l'alimentaire, une dame élégante s'approche de moi et me tend un paquet de pâtes.

— C'est une collecte pour les sans-abri madame, ils ne pourront pas faire cuire les pâtes. Les gens vivent dehors…

— Il y avait écrit nouilles sur votre liste.

— Ah bon ? Alors c'est une erreur.

Je reprends le flyer et lis devant elle.

— Nouilles instantanées ! On sert les nouilles avec l'eau chaude du thermos. On ne peut pas leur faire cuire des pâtes comme ça.

— Donc vous n'en voulez pas ?

Elle pointe son paquet de spaghettis vers moi d'un geste menaçant et dérisoire.

— Non, il nous faut de la nourriture froide et qui se conserve, des bouteilles d'eau… ce qu'il y a sur la liste.

— Vous refusez le don ?

J'attrape le paquet de pâtes et le jette dans la caisse alimentaire. Ça pourra toujours nous faire un repas d'après-maraude.

Lorsque mon créneau se termine, je fais les courses pour chez moi et un peu pour la collecte. Je rentre en courant pour amener mon fils à l'heure au cours de dessin. Il comate devant la télé. Prends ta trottinette on est parti ! Il patine, je cours à côté.

Après la position debout souriante figée en magasin, mes jambes se délient. Le trottoir est large, à peine besoin de regarder autour, On fait la course ? Il attend devant notre pharmacie de départ en appuyant sur son casque turquoise pour le réajuster. Après la pharmacie, le trottoir de l'avenue devient notre piste du samedi matin. Sans voiture. Je me positionne à sa droite, couloir habituel, compte à rebours 3, 2, il lance son premier mouvement de jambe à 2, 1, partez ! Je cours de tout mon souffle pour rattraper ce départ non réglementaire. J'ai du mal à suivre, j'agrandis mes enjambées, virage serré sur les Maréchaux. Je ne le laisse pas gagner, chacun pour soi. Il doit freiner pour éviter une poussette, je me faufile et accélère. Je sens que je manque d'air, j'ai envie d'inspirer plus fort, je veux tenir la cadence. Il revient à côté de moi après l'obstacle de la poussette. C'est une descente, on n'a qu'à se laisser porter par la vitesse.

La grammaire du premier soir

L'appli Maraude dans ma main nous géolocalise en permanence. Elle m'informe que nous roulons sur une voie rapide en bord de Seine, le quai Panhard-et-Levassor souligné. Je clique, Wikipédia complète. « Panhard et Levassor » du nom de l'usine de construction automobile installée là il y a un siècle, aujourd'hui fermée et démolie. Dans les années 70, elle a disparu, les ouvriers aussi. Seuls restent le nom du quai et une façade de style industriel qui donne à l'actuel open space une authenticité en verre et briques rouges.

Je note l'homogénéité de style avec cette petite table bricolée, deux parpaings qui surélèvent une planche pour maintenir les sacs à dos au-dessus des larges trottoirs mouillés. L'entreprise Panhard et Levassor a été rachetée par Citroën puis par Renault Trucks Défense mais les sacs à dos surélevés semblent quand même imbibés. Renault

Trucks Défense a ensuite été absorbé par Arquus qui appartient au groupe suédois Volvo dont l'actionnaire principal est le groupe chinois Geely. Près de la petite table sur le trottoir entre la route et la Seine, nous apercevons un homme et une femme qui s'installent pour la nuit. La densité de la circulation représentée en rouge sur Google Maps rend le stationnement difficile, on se gare vingt mètres plus loin.

On s'approche, longeant le boulevard criard. On essaie de discuter malgré les moteurs indifférents. On hurle pour se faire comprendre, elle parle doucement d'un timbre grave, séducteur. Si on ne capte pas le contenu de ses phrases, on en saisit l'intention. La petite quarantaine, accent italien, cheveux longs bouclés bruns, frigorifiée dans son gros manteau.

Lui aussi est beau, cheveux longs et gris nattés sur le côté, la cinquantaine burinée, chemise ouverte, talismans autour du cou et sur la poitrine, arrogant comme un chef indien, il lutte pour plier l'arceau de sa tente. Elle s'appelle Stella et désigne l'Indien, Mike. Leur différence d'âge et leur uniformité esthétique correspondent aux stéréotypes hétérosexuels. La vie à la rue, qui peut malmener l'image de soi jusqu'à la défiguration, a maintenu en eux une certaine idée du couple. Leur beauté s'accorde et les valorise mutuellement. Me traverse le flash cynique d'une pub The Kooples. Je ne sais pas quoi faire de mon cynisme. Alors je serai jalouse de leur beauté et c'est peut-être une bonne nouvelle. Pour moi, ils cessent d'être des sdf parmi d'autres. Ils sont Stella et Mike, j'envie leur beauté, je ne me retiens même pas.

Difficile de savoir si eux me reconnaissent comme un individu ou s'ils ne voient que l'uniforme. Je ne donne mon prénom, le prénom de la narratrice, que si on me le demande. Ils ne le feront pas.

Nous leur proposons ce qu'on a. Mike ne veut rien. Stella prend un peu tout : gel douche, nourriture, pain, dentifrice, café, tout. Et pose son butin disparate sur un rebord en pierre derrière elle. Elle stocke.

Le réflexe de quelqu'un qui avait des placards, un frigo. Le réflexe de quelqu'un qui vit ses premiers temps dans la rue. Elle stocke alors que ce n'est matériellement pas pratique (on cache moins bien ses affaires le jour, on attire l'attention et on prend le risque de se faire dépouiller). Elle a peur, elle prend tout ce qu'on lui propose. Elle a des gestes fins et inutiles dans les airs. Elle n'aide pas

Mike qui monte la tente concentré. Il s'arrête parfois pour marmonner la tête en l'air. Il demande de l'aide à la lune.

Sa tente n'est pas la Quechua 2 seconds. Je ne connais pas cette marque, plus épaisse, plus harnachée. Je saisis machinalement l'arceau revêche. En s'y mettant à deux, peut-être sous l'effet de la lune, l'arceau finit par plier. L'Indien ne me parle pas, il dispose le matelas, puis regarde sa femme satisfait. Il peaufine la construction en nouant une bâche par-dessus la tente avec plusieurs petites cordes. Il fait des nœuds compliqués, des nœuds de marin. Je demande à Stella s'ils sont là depuis longtemps.

C'est ma première nuit ici.

Tu dormais où avant ?

Elle ne répond pas. Intrusif. Mon hésitant passage du vouvoiement au tutoiement n'aide pas. L'Indien est peut-être habitué à la rue parce qu'il ne stocke pas, accepte simplement le café, précise avec beaucoup de sucre. Elle l'a suivi, c'est sa première nuit dehors. Leur première nuit.

Ils se sont déjà dit qu'ils se plaisaient, ou ils le savent. Ils ne se sont peut-être pas encore embrassés. Ils ont la certitude qu'ils vont dormir ensemble, pas côte à côte. Ils gardent une distance, ne savent pas comment ça va se passer. Dans dix minutes ou dans six heures, en ayant beaucoup parlé ou en ayant subi les silences, en les imaginant éloquents, chargés de désir. C'est la grammaire habituelle du premier rendez-vous amoureux, dans un lieu qui peut faire bégayer la grammaire.

Comme un couple qui pousse poliment sur le pas de la porte ses derniers invités, ils se rapprochent pour nous faire face. Nous comprenons le signal, nous prenons congé après avoir demandé s'ils sont suivis par une assistante sociale et proposé des pulls. Il se colle à son épaule, ses ailes du nez se gonflent, elle inspire fort. Elle sourit en baissant la tête. Pas d'assistante sociale non merci. Sans le regarder, elle reste collée à lui. Il tient sa place, il fait l'homme stable pour compenser la tension qui chahute son corps. Il caresse la cordelette dans ses doigts, lacère et libère alternativement pouce, index et majeur. Pas besoin de pulls supplémentaires non merci. Il fait assez chaud. Elle humidifie sa lèvre inférieure. Ils se sentent sous leurs vêtements. Il regarde la mèche brune bouclée que le vent vient déposer sur son épaule à lui.

Dans la voiture, on regrette de ne pas avoir apporté de romantisme à l'affaire. Ni fraises ni champagne.

Ni capotes. Putain on n'a pas de capotes dans le coffre. Il faudra absolument en mettre. Un silence s'installe après les vannes de bon aloi. Des vannes de jaloux. Un silence de désirant. On veut ce désir plus fort que la nuit, que le froid, que la peur. Un désir à baiser à côté du périph'.

À la maraude suivante, j'apporte trois boîtes de préservatifs et annonce aux coéquipiers que c'est un nouveau truc dans le bac hygiène. Si jamais. Ah mince, t'en as plus besoin ? Voilà. Autant que ça serve.

Cagette de croissants

Devant un homme à plat ventre sur le sol rue de Choisy, on s'arrête, on tient un nouveau. Je connais bien mes trois coéquipiers de ce soir, gentils, doux, drôles, et quand on sort ensemble de la voiture, on dirait une descente de police. La synchronisation, les uniformes, le bruit des rangers. Je me demande si les flics se disent ça aussi. Si au départ, ils ont besoin d'un boulot pour bouffer, ils se retrouvent flics, leur voiture s'arrête, ils sortent comme un seul homme en uniforme, et sans oser en parler entre eux, ils s'étonnent, On dirait une descente de police. Un beau jour ils descendent de la voiture ils cessent de s'étonner ils font corps avec la fonction.

Bonsoir monsieur c'est l'Institution.

Nez contre le sol, une tête répond Bonsoir messieurs-dames. On relève à deux le nouveau allongé sur le ventre, chacun un bras sous l'aisselle. Évidemment il est trempé, la peau de son bras est rouge pelée, on échange un regard d'une neutralité professionnelle avec le chef. On pense gel hydroalcoolique. Le nouveau au nez râpé montre du doigt le renfoncement sous un ancien magasin aux vitres peintes. On l'y emmène. Planqué derrière une colonne, on découvre une valise à roulettes, un gros sac cabas aux couleurs des chocolats « Célébrations » et un matelas à la verticale. Il le pose à terre et s'y assoit. Il ne donne pas son nom et le matelas commence à absorber l'eau du trottoir. Il n'a pas faim. Il accepte juste un café avec beaucoup de sucre et un survêtement sec.

Sur la grille de l'arbre à côté gît une cagette de croissants déchiquetés par la pluie. La boulangerie d'en face a dû les lui donner. Il les a mis loin, il n'en voulait pas, C'est à se péter le bide c'est du plâtre. Se gaver de croissants un soir, rien manger le lendemain. Ça va me faire crever. Il me voit regarder les lambeaux de croissants.

— Ça fait venir les rats, alors j'ai mis ça loin. Sinon les rats te mordent la nuit et ça te réveille pas et ils entrent dans le sac de couchage pour manger les miettes et tu te réveilles le matin avec l'orteil bouffé !

— Tu t'es fait mordre ?

— Ah oui madame.

— Tu me montres pour qu'on soigne ?

— Les rats quand ils te mordent, tu le sens pas. C'est un truc dans leur salive.

— Tu me montres la morsure ?

— Non ça va madame, j'ai plus rien. C'était il y a longtemps.

— T'as vu un médecin ? Les rats ça peut donner des maladies.

Il ne m'écoute plus et je continue :

— On dira au médecin de venir te voir ici d'accord ? Tu veux qu'on regarde ton pied maintenant ? Ton orteil ?

— Non je vais dormir, je suis fatigué.

On lui dit à mercredi prochain en embarquant la cagette de croissants pour la jeter dans une poubelle plus loin. À mercredi prochain sonne comme un rendez-vous et comme une fuite. Dans la voiture, une fois enlevée ma veste d'uniforme humide, on débat sur la salive de rat anesthésiante. En fait, on ne débat pas. On lance le sujet et on regarde immédiatement sur nos téléphones. Google n'en a pas entendu parler. Le nouveau de Choisy a dû inventer. Autre chose l'a anesthésié, l'alcool ou le froid. Hypothèses crédibles. Google insiste mais j'ai envie de croire le nouveau. Il a une meilleure expérience du rat que Google. Une expérience quotidienne. Est-ce que Google s'est déjà fait mordre l'orteil par un rat ?

La pluie

La maraude a commencé depuis une heure, et malgré les capuches des parkas, on est mouillé comme les croissants de la cagette. La pluie nous coule partout sur le visage, dans le cou, s'infiltre dans nos pantalons. Nous marchons avec les cuisses mouillées et ce n'est pas érotique, c'est désagréable, froid, rêche. On n'a pas envie de s'accroupir près d'eux, on veut rester debout. On veut rentrer chez nous. Oui, rentrer au chaud. On n'a qu'à s'arrêter juste devant eux, baisser la vitre, donner la nourriture et redémarrer. L'inverse du McDrive. Dans la voiture, on mime la vitre qui se baisse en faisant nous-même le bruit de l'automatisme régulier.

C'est le genre de météo où les gens courent du métro à chez eux. Nous repérons un homme à l'entrée du parc Kellermann, juste après les gros rochers maintenus dans les airs sur des poteaux noirs. Des nuages lourds comme des pierres. Le chef dit C'est un Syrien, il est pas facile. De jour, je me promène souvent avec mon fils dans ce parc, on s'y ennuie ensemble, on donne du pain aux animaux de la ferme pédagogique, les chèvres, les moutons et les poules en cage. Je n'ai jamais vu cet homme de jour quand je traverse le portique en briques rouges de l'entrée sans avoir à m'y abriter. Ce soir il pleut, le portique va nous couvrir. On se met à porter attention à nos corps comme eux, comme quelqu'un qui doit vivre avec l'eau stagnante sur le béton, la pluie qui ne s'évacue pas, les petites rivières dans les caniveaux et les passages de voitures qui projettent des vagues. On sent les éléments, la matière de la ville. On s'approche du Syrien pas facile allongé dans son sac de couchage. Il regarde une vidéo sur son portable. Je m'accroupis, Bonsoir monsieur ! Il reste allongé, balance son bras en l'air pour chasser des mouches imaginaires. Vous êtes sûr ? Vous avez besoin de rien ?

Tuez-moi ! Tuez-moi !

Il s'assoit dans un mouvement réflexe et lance un coup de poing vers mon visage. On recule tous.

Tuez-moi !

Monsieur ça va ?

Il donne des coups dans les airs et nous engueule, Tuémoi ! Tuémoi ! On le laisse. Il se rallonge, retourne à son portable. Satisfait.

Caché derrière un pilier, on découvre un autre sdf sous ce portique, trois mètres plus loin, Moustapha. Pendant qu'on parle à Moustapha, Tuémoi reste allongé avec son portable qu'il lâche parfois pour boxer le vide. Il se bat, le visage crispé. Il rend les coups.

Moustapha, mais appelez-moi Mous. Mous est sous l'abri avec son caddie. On lui donne à manger. Il demande des bouteilles d'eau en plus. On n'y aurait pas pensé spontanément. Il ne peut plus se laver : les robinets publics et fontaines de Paris sont coupés à cause du gel. Je cours jusqu'à la voiture et reviens trempée avec un savon et deux petites bouteilles d'eau, on n'a que ce format, 50 centilitres, comme dans les distributeurs. Comment il peut se laver avec ça ? Il dit J'aime bien ce temps-là. Je souris, une goutte de ma capuche tombe sur mon nez. On doit hurler à cause des bagnoles et des trombes d'eau. J'aime bien ce temps-là il fait pas froid. Quand il y a du soleil, c'est là qu'il fait froid.

L'écoutant, je me souviens de la semaine passée, je réalise qu'il a raison : soleil froid, givre. Ou cette pluie tiède ininterrompue qui n'a aucun sens en hiver.

Habituellement, le temps m'est indifférent, je ne vis pas assez dehors pour le remarquer. En maraude, le réel s'impose, m'échappe des mains, dépasse mes yeux, devient plus grand que mon ventre. La réalité m'augmente. Dans trois jours, il fera un temps sec à – 2 °C. Les habits de Mous resteront humides et il n'a pas d'endroit où étendre le linge. On lui donne un duvet sous cellophane en prévision.

L'importance des moments de convivialité

Ouwawa, J'ai trop traîné en bas. La voiture traverse d'une traite l'arrondissement par une grande artère froide en prévoyant de revenir par les petites rues. À l'intérieur, buée sur les fenêtres fermées, chauffage et musique à fond. *Ouwawa ouwawa ouwawa* à l'avant, les deux garçons donnent des coups d'épaule au ralenti d'une danse à la virilité douce. Théo lève les bras sur la musique et se retourne vers moi pour rapper *Et j'comprends pas pourquoi on m'comprend pas.* La musique planante nous fait planer. On est les rois de la ville, on est dans un clip, on décolle. La mélancolie aux voix autotunées et la succession des lumières de lampadaires sur nos visages métamorphosent la maraude en virée nocturne. Théo trouve des lunettes de soleil dans la boîte à gants pour travailler son allure de gangsta. Il les tend à Félix, le chauf. Non mais ça va là ? Donne pas de lunettes au chauf, il fait nuit. Les deux gangstas rient avec des joues enfantines. Je veux un masque comme Houdi tu connais ?

Il n'attend pas ma réponse évidemment négative, je ne connais aucun des rappeurs qui officient dans notre Kangoo depuis deux heures.

C'est un rappeur qui a toujours un masque de ski sur scène, tiens, écoute. Théo cherche sur son téléphone et relance un rap nonchalant *J'me sens comme un mannequin, Quand les keufs prennent en photo.* Dansant ensemble, on a l'impression d'aller à une fête. Cette euphorie d'avant-soirée est aussi la raison de ma présence dans la voiture.

Ce matin, une nouvelle notification WhatsApp est apparue dans ma main, j'ai appuyé du pouce pour la lire : « Lucie est malade. Qui pour la remplacer ce soir ? » Parmi le groupe de l'Institution, personne ne répond à ce message. Il va faire froid, la nuit arrive tôt, j'ai déjà prévu ma soirée, quelqu'un d'autre se dévouera.

Mi-journée, je reçois un vocal « Salut Poupette, Lulu ne peut pas venir ce soir. Tu peux la remplacer ? Je serai là, il y aura Félix aussi… tu viens on va rigoler, tu dis pas non hein, je t'attends ! » Théo c'est Théophile, lycéen à Victor-Duruy qui passe le bac cette année, il a un enthousiasme communicatif et une aisance relationnelle toute bourgeoise.

Comme Félix vingt-deux ans et Théo dix-huit ans, la grande majorité des bénévoles de l'Institution ont moins de vingt-cinq ans, célibataires, sans enfant, étudiants ou en tout début de carrière professionnelle. J'étais presque étonnée de sympathiser avec des personnes si jeunes et aux goûts musicaux si mauvais. Le bénévolat est une histoire de jeunesse, de temps libre et de vitalité. Théo raconte la dissertation de science politique qu'il doit rendre pour demain. Ah c'est une science, la politique ? Il sort un sandwich du gros sac en kraft. Parti en maraude directement après sa journée d'examens, il a faim. T'en veux ? J'ai faim et j'aurais honte d'accepter. Pourtant il reste toujours du pain en fin de maraude, on en a toujours trop. Non merci, c'est pas pour nous. Pendant que mes principes inutiles m'empêchent, Théo mange goulûment, il se régale. La maraude est un bon moment de sa vie, il a faim il mange. Tiens, prends la rue de l'église, il y a toujours quelqu'un sur les marches. Chaque fois quelqu'un de différent, personne d'installé. Je suis fou de faire une maraude ce soir, avec ma dissert' à rendre : « Montrez que le réchauffement climatique est un risque global qui nécessite des réponses globales ». Il y a effectivement trois personnes sur les marches de l'église, on s'arrête pour les rencontrer. T'as vu, j'ai toujours raison !

Certains bénévoles sont plus âgés avec des enfants déjà adultes. Peu de ma génération, aucun avec des jeunes enfants, mes coéquipiers diffèrent de mes relations habituelles. Ils ne sont ni techniciens de cinéma ni parents d'élèves et ils écoutent des rappeurs qui portent des masques de ski. Théo laisse toujours des vocaux exagérément suppliants, suppliants pour de rire, comme pour inviter à une fête qui s'annonce mémorable. Il annonce une soirée géniale pour qu'elle le devienne. Quand on se gare pour aller voir un sans-abri, le son se coupe. Quand on remet le contact, la musique redémarre, elle nous attendait.

« OK je remplace Lulu, je suis là à 18 h 30 mais tu choisis pas la playlist et t'arrêtes de m'appeler Poupette. » Ne pratiquant pas le vocal, j'avais répondu dans l'après-midi par texto. Mêmes attentes qu'une fête, il y aura ces copains-là, Théo et Félix, des gens à rencontrer, peut-être des moments forts, imprévus, des clopes. Parfois de l'ennui. Les mêmes attentes, mêmes joies et flottements qu'une fête. L'alcool en moins. Pas systématiquement en moins. Félix avait été mis à pied deux semaines par l'Institution pour avoir chanté ivre sur la voie publique en uniforme juste après la maraude. Je n'étais pas à cette soirée devenue objet de blagues multiples et de récits discordants. Les bénévoles avaient bu des bières au local à 3 heures du matin. Quand ils ont lancé un karaoké en plein air, *J'suis gang, hors game, Boy ne joue pas, bang, bang, bang*, les voisins ont appelé les flics.

Lors de la maraude suivante, le chef avait rappelé les recos à titre préventif. Il comprenait parfaitement l'importance des moments de convivialité mais nous devions rester raisonnables pour notre sécurité et l'image de l'Institution. Le chauf avait confirmé sa volonté de rester vigilant et défendu Félix, C'est aussi pour ces moments-là qu'on fait des maraudes. Théo était un peu déçu d'avoir raté le karaoké, il avait dit Peut-être que le lien social, c'est d'abord pour nous.

L'oisillon

Elle tient un oisillon au creux de ses mains. Les yeux exorbités, ouvrant frénétiquement le bec, tendant son minuscule cou vers elle, il crie. Le corps entièrement contracté par la faim, il garde son regard froncé quand elle lui frotte la tête de l'index pour le caresser. Elle décoiffe et recoiffe son crâne duveteux. Je lui demande si elle a donné un prénom à son oiseau.

— Méchant, parce qu'il a l'air méchant.

— Tu l'as trouvé où ?

— Par terre, dans la rue là-bas.

— Ah d'accord.

— Sur une grille d'arbre.

J'ai déjà croisé cette femme le jour, grande, noire, arpentant l'avenue, parlant seule et secouant les bras. C'est la première fois que je la vois de nuit et calme.

— T'es pas là d'habitude... Tu dors pas au même endroit ?

— Non, je suis partie, c'était dangereux. J'habite ailleurs maintenant.

— Tu veux manger quelque chose ? Une soupe ? Un sandwich ?

— Non ça va, j'ai pas faim.

— C'est peut-être bien pour Méchant. Si personne le nourrit, il va mourir.

Elle sourit à Méchant. Oui elle veut bien un sandwich. Thon ou jambon sec ?

Jambon sec.

Je reviens chercher le sandwich à la voiture, j'ajoute une petite bouteille d'eau. Quand je les lui tends, elle désigne d'un mouvement de tête l'oiseau qu'elle tient. J'enlève la cellophane du sandwich italien et l'émiette au-dessus du bec énervé. Il gobe. Le jour, j'évite cette grande femme hallucinée qui hurle et crache. Cette nuit, ses mains s'arrondissent pour former un nid.

Tu dois prendre soin de toi

Sa tête a disparu comme une autruche. Il est un corps replié. Ses jambes tendues sont visibles. Son buste est caché, plongé vers la terre, coincé entre le mur et un gros bac à fleurs. Un corps humain immobile qui tient seul en déséquilibre. On se rapproche, on essaie de comprendre comment son corps s'est tordu entre les deux parois.

Monsieur ? Monsieur ? On le soulève à deux pour l'extraire. Il tient une 1664. Il a perdu connaissance la main serrée autour de la cannette sans protéger sa tête qui saigne. Inconscient. On le met en PLS, je lui enlève la 16 et prends sa main à la place. Il cherche encore la bière à tâtons, puis papillonne des yeux, se réveille.

— Monsieur ? Vous m'entendez ?

— Oui ?

— Vous vous sentez comment ?

— Je vois rien.

— Regardez-moi, je vous tiens la main, vous me voyez ?

— Non !

— Ah. Qu'est-ce que vous voyez ? Du noir ? De la lumière blanche ?

— J'ai pas mes lunettes !

Le chauf cherche derrière le bac à fleurs en éclairant avec son portable. Il y trouve la paire de lunettes avec une branche cassée. On les lui pose sur le nez. Ça tient à peu près. La plaie sur le front a arrêté de saigner. Le sang commence à sécher. Ça va mieux ?

— Oui oui, je vois maintenant. Tu peux réparer ?

Je reprends les lunettes pour fixer la branche à la monture sans la vis-pivot, en forçant.

— Tu as mal quelque part ?

— Non, je veux mes lunettes.

— Je peux les faire tenir avec du scotch ?

— Tu sais pas réparer ?

Il a l'air atterré.

La cheffe s'éloigne vers la voiture, en montrant au chauf l'immeuble moderne à côté. Métallisé, il reflète la lumière comme un miroir.

— J'aime bien l'immeuble, c'est bling bling.

— C'est ton truc, les façades en or ? Je trouve ça affreux… C'est pas chez toi au moins ?

— Non non, je suis de l'autre côté, derrière la BNF. Chez moi, c'est doré à l'intérieur. J'ai fait repeindre ma chambre tout en or, j'y tenais. J'aime la sobriété.

L'homme-autruche et moi, nous les entendons parfaitement ironiser sur les dorures, j'en suis mal à l'aise et pas lui. La cheffe revient avec du gros scotch marron qu'elle me tend. Quand j'arrive à fixer les lunettes à la branche, je les lui rends avec une boule de scotch sur le côté.

— Un opticien dans la rue pourra peut-être t'aider demain ?

— Non c'est bien comme ça, merci.

Allongé sur le côté avec ses lunettes au scotch, il tremble comme un chien mouillé. Je serre sa main, il s'en remet à moi, il est en confiance. Il s'appelle Thierry, sa femme l'a quitté il y a trois mois. Elle habite un immeuble un peu plus loin avenue de France, il reste habiter dans sa rue, il ne veut pas en partir. Il veut rester avec elle.

Trois mois, ça pourrait être bien de voir des aides sociales, au moins pour te loger la nuit. Sa tête a saigné à cause des lunettes qui ont égratigné son front, la cheffe nettoie en le rassurant, ça ne lui semble pas grave. Comme il tremble, j'ouvre un sac de couchage pour recouvrir son corps.

— Mais ton ex, tu la croises encore ?

— Oui mais elle veut pas me parler.

— Alors il faut la laisser tranquille.

La cheffe acquiesce et me regarde en silence, est-ce que cet homme frêle et tremblotant harcèle son ex-femme ? On entend des talons s'approcher puis une voix rauque et sensuelle, Alors Thierry, t'es encore tombé ? Il lève les yeux en restant allongé : Ah Esmeralda… c'est mon amie, elle m'aide des fois. Elle apparaît. Elle est une apparition.

Ce que nous dira Esmeralda, la cinquantaine pulpeuse, brune, longue robe rouge, nous permettra d'avoir des infos sur Thierry. On l'écoute pour voir si c'est cohérent. S'il nous a dit la vérité. Elle nous confirme qu'il a été quitté par sa femme, qu'il vit dans la rue depuis trois mois.

— Il est pas méchant, il est perdu. Mais il faut arrêter de boire Thierry, tu te fais du mal…

— Oui t'as raison Esmé.

— Tu dois prendre soin de toi.

— Merci, heureusement que t'es là…

En déposant la couverture, j'ai vu que Thierry s'était uriné dessus et j'en ai marre. Il est pas facile celui-là. Je dépose des vêtements près de lui. Il se changera quand il pourra.

Il sourit à Esmeralda, les lunettes tordues sur les yeux, pansement sur le front.

Esmeralda reste debout attendrie, tête penchée sur Thierry, empathique. Elle le berce de sa bienveillance maternelle, Regarde Thierry dans quel état t'es… c'est sa femme qui l'a quitté, le pauvre…

La cheffe, peu sensible à sa féminité exagérée, répond sèchement Oui on a bien compris, merci madame.

On hésite à amener Thierry aux urgences, il s'est cogné la tête mais il est conscient. L'urine doit être due à la prise d'alcool.

— Regarde Thierry, les pompiers ils vont être obligés de t'emmener ! T'es encore bourré Thierry ! C'est pour ça que ta femme t'a quitté !

— Merci madame, on va s'en occuper…

— Moi je me débrouille toute seule, j'ai besoin de personne. Je suis une femme indépendante ! Toi aussi, il faut que tu te débrouilles dans ta vie !

— D'accord madame, mais c'est bien aussi de demander de l'aide parfois, de l'accepter.

— Elle t'a quitté parce que t'es une merde !

— Ça va merci, vous pouvez y aller madame.

Le chauf l'éloigne en tendant son bras délicat comme un majordome raccompagnant Catherine Deneuve. Accrochée à son coude, Esmé continue de hurler au loin, Regarde-toi, t'es comme tous les hommes, mon mari c'était pareil, il picolait et je l'ai viré, c'était une merde.

On reste un peu avec Thierry pour effacer l'intervention d'Esmé. Il peut s'asseoir, se réveiller calmement. Comme il est inquiet, on cherche les opticiens sur Google Maps qui pourraient l'aider demain. Il y en a six dans ta rue ça va aller. Sur l'appli Maraude, on note Thierry, l'homme en état d'ébriété, les plaies, le risque de harcèlement de son ex, on fera remonter au samu social. En revenant à la voiture, on regarde l'immeuble doré qui se révèle double. Sur une même base de quatre étages, s'élèvent deux tours brillantes : une tour vendue à la Ville de Paris pour des logements sociaux, et l'autre tour vendue à la découpe pour des logements pas sociaux. Une plaque près de l'entrée nous informe qu'il a été construit par Bouygues Immobilier. Il s'appelle Home.

À la croisée

— J'ai pas vu passer les deux heures et demie ! T'es vraiment à fond avec les animaux pris au piège. Ils veulent partir du labo, il y a de la tension. Des fois t'as envie de pleurer je te jure.

— Le 1 et le 2 m'avaient vachement plu, mais pas celui-là. Les personnages sont trop bodybuildés. Même le raton-laveur est bodybuildé !

— Même l'arbre a des gros muscles.

— C'est un peu le principe du film de superhéros quoi. Tout est plus, tout est trop.

— Non non j'aimais bien les *Batman* de Nolan. Tourne à droite, on va voir Emir. Mais là j'y crois pas, tout est fake. Le visage qui gonfle au ralenti quand il est perdu dans le cosmos là.

— Moi j'ai bien aimé, j'ai juste un truc avec les Marvel : ça me rend amnésique. Je pourrais même plus dire de quoi ça parle. Il y a trop de personnages. J'oublie ! Je m'ennuie pas mais j'oublie.

— Il est pas là Emir ?
— Il a changé d'adresse ?
— Sur l'appli il est toujours noté au 15 rue Nationale.

Emir n'est plus là. Ses affaires dans le renfoncement de l'immeuble ont disparu. Il reste un creux dans le mur. L'Institution va le voir tous les mercredis depuis deux ans et on ne savait pas qu'il partait. Personne n'est au courant dans la voiture. On tourne dans le quartier en espérant le retrouver, puis en sachant qu'on ne le retrouvera pas.

Sans savoir si l'on doit se réjouir pour lui ou s'inquiéter, on le note absent au 15 rue Nationale sur l'appli Maraude. On espère le revoir ou avoir de ses nouvelles via d'autres associations. Cette absence nous laisse silencieux, alors le chauf répète, Franchement j'ai pas vu passer les deux heures et demie et ralentit devant un jeune homme assis sur un trottoir. Il attend. En le regardant mieux, on sait qu'il n'est pas sdf. Ses habits, son attitude. Il semble avoir perdu ses clés et s'être endormi devant la porte de son immeuble après une soirée.

La voiture repart sans avoir commenté ni le ralentissement ni le redémarrage. On ralentit systématiquement devant des individus isolés. Les premières maraudes officielles à Paris étaient faites par des policiers, peut-être qu'on en porte l'héritage. Les services de police ont formé une brigade de maraude après l'appel de l'abbé Pierre, à l'hiver 54 ; l'hiver où il a créé Emmaüs. Les premières maraudes de la police, c'est un service de ramassage des sans-abri. C'est un bus. Le ramassage est parfois forcé. Depuis lors, plusieurs dizaines d'associations se sont ajoutées, chapeautées par le samu social. Beaucoup plus d'associations font ce travail aujourd'hui, et beaucoup plus de gens sont à la rue. Mais initialement c'était la police et l'abbé Pierre. La maraude est née à la croisée de la charité et du maintien de l'ordre.

— Et la fin est magique, le sauvetage de tous les enfants mutants en mode arche de Noé.

— Les enfants sauvés par le chien qui fait de la télékinésie ? Non c'est trop pour moi. Tous les animaux sont faits en 3D, la foule d'enfants sauvés c'est en 3D aussi, rien n'est vrai, alors ça me touche pas. Le film n'a pas besoin de la présence d'enfants ou d'animaux. Il ne les sauve pas, il les absente.

— C'est peut-être compliqué de trouver des vrais chiens qui font de la télékinésie, aussi.

Dans la voiture, on lance la bande originale des *Gardiens de la Galaxie 3*, en cherchant un sujet de discussion plus consensuel qu'un Marvel. Le chauf fredonne, J'adore cette BO.

— Moi aussi. Prends l'avenue de France, on va voir Louis.

— C'est la musique des années 80, ça marche toujours.

Chaman

J'ai prévenu mes coéquipiers qu'on allait voir un couple. Le seul couple du 13e, depuis dix ans de maraude, attise vannes et curiosité. Deux amoureux à la rue peuvent unir leurs forces de faibles, un couple constitue un groupe convenablement sociabilisé. Un dossier de couple est plus facile à administrer lors d'une recherche de logement, on devrait inscrire nos habitués célibataires sur Tinder. On n'a qu'à leur créer des profils. Moustapha, cinquante-cinq ans, très ouvert, positif, moral d'acier, aime rire, le vélo, le thé avec deux sucres et la soupe lyophilisée au curry.

On se met devant la tente fermée de Stella et Mike. On entend un peu de frottements de tissu. On essaie, Bonsoir c'est l'Institution ! en espérant ne pas les réveiller.

De l'intérieur, Mike ouvre la tente, il est seul. Ma coéquipière lui demande son nom. Je me souviens que Stella nous l'avait donné, il nous l'avait tu. Il réfléchit longuement, en riant parfois, expirant en sourires saccadés. Il cherche à dire une connerie et il trouve : Macaque.

On s'attendait à pire. Je ne dévoilerai pas son vrai nom, j'utiliserai sa nouvelle identité par respect pour la connerie. Lors d'une discussion ultérieure, son refus brutal et définitif d'aide sociale fera sonner Macaque différemment. Son insistance pour être appelé Macaque même les soirs de colère fait aussi entendre autre chose que la blague. C'est le nom de sa méfiance envers tous ceux qui viennent à lui, qu'ils veuillent l'aider ou le contrôler, car c'est le même geste. Son pseudonyme simiesque protège son identité, le défend contre les structures officielles qui, pour lui, contribuent toutes indifféremment à sa vie sur ce trottoir-là. Comprenant la gravité nichée dans son jeu, je me convaincs que le début de Macaque sonne comme Mike, j'ai dû mal comprendre la première fois avec le bruit des voitures, il a toujours été Macaque.

Je n'ose pas lui demander pourquoi Stella n'est plus là. Qui a largué l'autre ? Et pourquoi ? Parce que la rue, la promiscuité dans la tente, pas d'intimité, peut-être des rapports sexuels décevants, un désaccord politique ou des personnalités incompatibles. Tout est lié. Constituer un couple c'est se projeter socialement avec l'autre. Comment se projeter dans la rue, comment jouir dans la rue, étouffer ses cris, jouir tout bas.

Je l'écoute raconter n'importe quoi à ma coéquipière, il s'amuse. Elle lui demande Vous venez d'où ? Du Malawi ! Elle lui sourit, consternée et amusée. Faut rigoler !

Il rit de sa blague. Toujours chemise ouverte sur ses colliers aztèques et sa croix chrétienne, il n'est pas habillé chaudement. Elle lui propose des vêtements. Il veut bien un pantalon de jogging, Parce que je suis sportif tu sais. Blonde pétillante de vingt ans, ma coéquipière n'est pas troublée par sa drague. Elle retourne joyeusement à la voiture chercher un habit de sportif pour Macaque du Malawi. Assis en tailleur sur le matelas chaud, il me regarde, T'as pas froid ?

Avec ma parka de l'Institution en plus de l'uniforme épais, si, j'ai froid. Je planque mes mains dans mes manches trop grandes. Malgré moi je me dandine d'un pied sur l'autre, je tremblote, aussi par gêne d'être seule avec lui, sans rien trouver à dire.

Il dit Touche, en posant sa main sur son matelas.

Je le fais. C'est chaud, il vit dans une tente qui émet de la fumée. Une tente magique. Assieds-toi.

Il se décale pour me faire de la place. Je m'assois à l'intérieur à côté de lui. Étonnée de ne pas avoir hésité. Forçant ma confiance et mon sourire une fois assise. J'espère qu'il n'a pas d'opinel lui.

C'est la première fois que je m'installe dans une tente comme ça.

M'entendant dire une tente comme ça, je ne sais pas si je parle d'une tente d'Indien ou d'une tente de sdf. C'est la première fois pour les deux. J'imagine la peur de Stella la semaine dernière. Son désir pour cet homme, le froid, la peur d'être agressée, rackettée, emmerdée. La peur d'être contaminée par la rue. La peur d'attraper la rue.

— T'as vu c'est chaud.

— Oui, ça crame les fesses. Mais ça doit être bien pour le dos la nuit, non ?

— Tu veux t'allonger ?

— Tu vas trop vite pour moi.

— C'est jamais trop vite.

Il pouffe. Il veut voir l'effet qu'il me fait, il veut jouer, moi aussi.

— Si, des fois c'est trop vite. Quand le sexe dure moins d'une minute, là c'est trop vite.

— Pas d'accord. Il vaut mieux une vraie bonne minute que…

Il repouffe, un ado. On sourit assis côte à côte pendant qu'il touille son café. Les blagues ont créé une familiarité, enlevé l'embarras du début. Je crois qu'on est potes. Une camaraderie fragile puisque je ne lui propose pas les préservatifs apportés pour lui. Une autre fois.

Je commence à transpirer. La chaleur dans la tente est lourde, je ne sais pas comment il tient toute la nuit. C'est la chaleur, et l'humidité qui pèse surtout. Une humidité de sauna. Sous le matelas fumant résonnent les sons de ventilations, de passages de métros et d'ébullition mêlés. Une odeur de chimie, la fumée doit être polluée. Ça ne te donne pas mal au crâne des fois ? Non, j'aime bien, ça m'aide à faire des rêves, je suis chaman j'ai besoin du rêve. J'écoute sa voix et je distingue le crépitement de l'eau flambée instantanément en vapeur, les voix en écho amplifiées dans les couloirs d'aération, des voix chantantes bouche fermée, communiant. Des sons de prières qui viennent de profond sous la terre. La nuit dans les vapes de chaleurs et l'obscurité, méditer, halluciner, se confier, transpirer, et c'est la même chose, le même acte désigné par aucun mot. Il rouvre la tente, ramenant de l'air frais et de la lumière. C'est la pleine lune. Regarde le ciel. Je n'avais pas vu la lune, sa clarté bleue masquée par les lampadaires.

Macaque me dit avoir pratiqué les huttes de sudation. Je l'aurais parié.

Avec des amis à Noisy-le-Sec.
Ça non, j'aurais pas dit.

Avant de partir, j'hésite à le questionner sur la toxicité de la fumée qui fait faire des rêves. Ça casserait notre moment de méditation. J'en parle à la cheffe qui va chercher dans la voiture le détecteur de monoxyde de carbone. Pas d'anomalie. Mais il pourrait y avoir d'autres gaz nocifs. Quand on lui parle finalement de ce danger, il répond qu'il habite ici, qu'il ne bougera pas. On a peut-être eu tort de le lui dire, de décrier l'habitat qu'il s'est inventé.

New York

C'est un chef qui m'identifie à tort comme une nouvelle. Plutôt que d'évoquer son absence de quelques mois, il choisit de me réexpliquer les missions de l'Institution pour que toute l'équipe soit Sur la même longueur d'onde et dans une belle énergie. Il aime être chef. Il jouit de son autorité éclairée et de ses ordres calmes ponctués de claquements de langue autoérotiques. Il me réexplique donc qu'on ne réveille pas un sdf. On ne réveillerait pas un copain qui a commencé sa nuit pour lui proposer une soupe en sachet. C'est du respect, on les laisse dormir.

À l'arrière de la voiture, j'acquiesce avec la certitude que je réveillerais un ami qui dort sur le trottoir pour lui demander ce qu'il fout là et lui proposer mon canapé. Mais avant prends une douche, tu pues, tu t'es pas lavé depuis quand ? S'il était mon ami, je ne ferais pas semblant de croire que dormir sur le trottoir mouillé dans une nuit à 8 °C est un choix qu'il faut respecter. Je ne respecterais pas son choix. Je verrais l'effet de structure qui l'oblige à accepter sa condition, à se raconter qu'il l'a choisie, à aimer la ville qui produit sa situation. Et je ne craindrais ni sa violence ni ses crises psychotiques en le ramenant chez moi.

Quand le chef se tait dans la voiture, aucune conversation ne démarre. On roule direction les Olympiades à la recherche de nouveaux, on s'ennuie aussi. Les tours des Olympiades qui s'élèvent au loin me font penser à New York la nuit, plutôt à l'image que j'ai de New York où je ne suis jamais allée. Plusieurs immeubles de trente étages et ses centaines de fenêtres lumineuses qui dessinent le profil de la ville dans le ciel noir. C'était une drôle d'idée, la construction de ce quartier new-yorkais en plein Paris. J'arrête de checker mes mails pour interroger Wikipédia. Ces tours ont été construites dans les années 70 par l'Office public HLM de la Ville de Paris et la banque Rothschild. Le site de l'association syndicale des Olympiades complète : à cette époque, « la rénovation urbaine du secteur Italie est concédée au secteur privé. Ce passage de relais du public au privé constitue une première dans l'histoire urbaine parisienne. Des capitaux privés sont mobilisés pour rénover les îlots insalubres ». Au cœur de cette première dans l'histoire urbaine parisienne, on passe devant l'adresse de Robert, disparu depuis quinze jours. Ce soir au pied des tours, apercevant des vêtements sous son escalier – des marches en béton entre le centre des impôts et ma bibliothèque – on espère qu'il est revenu. Par la fenêtre de la voiture, je ne distingue pas le sommet des tours, seulement les dix premiers étages en béton armé, la même architecture grise et quadrillée qui s'étale le long de la rue et en hauteur. De près, ce n'est pas New York. Je me dirais peut-être la même chose si je voyais un véritable immeuble new-yorkais. De près, c'est pas New York. Une fois garé, on s'approche de l'escalier et, sous le sac de couchage, on retrouve Robert assis en train de manger un couscous dans un bol en plastique, Bon appétit !

— C'est des jeunes qui sont passés me donner ça. Des Arabes.

— Ç'a l'air bon.

— On est content de te voir. T'étais où ? On s'est inquiété.

— J'étais parti avec mon ami, Gérard. Tu l'as déjà vu lui ? Tu connais ?

— Non ça me dit rien (mais je vois ma coéquipière qui acquiesce, elle le connaît, elle).

— Je l'ai aidé à retaper sa maison dans le Luberon.

— Ah bon, dans le Luberon ? Et t'as eu beau temps du coup ?

— Oui beau temps. C'est une belle région, par contre pour faire un jardin il aura du mal, il y a pas d'eau et la terre c'est du caillou.

— Tu t'es baladé dans le coin ?

— On a surtout fait sa salle de bains et on a picolé. Il m'a racheté une carte SIM aussi, ça c'est bien une carte SIM. C'est pratique. Il m'a dit de rester tant que je voulais mais j'en avais marre. Je voulais revenir, voir du monde. Samedi il y a brocante, j'adore les brocantes. J'en fais deux par semaine. Au moins.

Alors Robert est revenu. Il en avait envie. Robert ne tolère pas sa vie à la rue, il la rejoint. L'énergie de la ville l'aimante et pourquoi ? La question vaut pour tous, pour moi aussi. Quelle énergie de la ville m'aimante, m'excite et me retient ? Me rend dépendante. La brocante, les concerts, les cinémas, les cafés, les marchés, la foule. Tous ces possibles m'attirent, mes nerfs se branchent sur la ville, l'intensité du flux économique stimule mon flux nerveux et je ne suis pas la seule. Robert a brocante samedi.

Dans la voiture, le chef repart dans ses explications indifférentes aux rencontres de ce soir pour rester sur la même longueur d'onde et dans une belle énergie. Sa maladresse à répéter des vieilles formules de leadership me confirme qu'il n'est pas chef dans sa vie professionnelle. Le jour, il est vendeur à Leroy-Merlin, il est content du salaire et d'avoir un CDI, son premier. Alors ce soir, il jouit de son poste, et répète ce qu'il sait à l'envi, La nourriture c'est presque un prétexte pour entamer la conversation. On est là pour créer du lien social dit-il. On ne distribue pas de cigarettes pour ne pas créer de dépendances économiques.

Pourtant la cigarette crée du lien entre égaux, j'en taxe à mes potes, mon mec tire une latte. On se paie des verres, on se passe des clopes. Pas avec les sdf. Avec eux non, ils sont les sdf, nous sommes l'Institution. Entre nous, après la maraude, on se change et on boit des bières dans le local. J'en bois quatre. J'ai un tempérament festif.

Ma coéquipière sur la même longueur d'onde et dans une belle énergie me chuchote, Il y a des soirs où je leur file des clopes, mais quand tu commences ils te vident ton paquet, faut prévoir. Elle propose tout haut de faire des cadeaux aux sdf pour Noël. Super idée. On leur offre quoi ? Des Ferrero rochers ? C'est vraiment ce qu'on offre quand on n'a pas d'idée : des chocolats ou alors un cadeau Nature & Découvertes genre des brumisateurs, des box méditation… Ça va créer une dépendance économique les Ferrero ?

Après débats dans la voiture, nous jugeons que le chocolat de Noël n'engendre pas de dépendance économique. Le chocolat de Noël c'est du lien social.

Mausolée

Nous nous garons rue du Château-des-Rentiers puis marchons jusqu'à la voie venteuse de Bertrand. À son emplacement, nous trouvons ses affaires et un mausolée : quatre bougies Ikea fondues devant un gros bocal en verre rempli d'eau grise, un mot placé en dessous dans une pochette plastique : « On a volé les fleurs pour cet homme mort dans la rue. La honte » et une feuille plastifiée du collectif Les morts de la rue qui informe, un homme est décédé ici le 10 décembre. Un dimanche.

La semaine dernière, on n'a pas parlé à Bertrand. Il dormait, il respirait, on a laissé une bouteille d'eau et une tablette de chocolat. On ne les réveille pas. Sur la feuille plastifiée, il y a un numéro et un mail pour qui pourrait donner des informations sur cet homme. Si on les voit dormir, on les laisse. Le collectif organisera l'enterrement. Je prends la feuille en photo. On vérifie qu'ils respirent et on les laisse.

À trois mètres du mausolée profané, toutes ses affaires sont là en tas, avec l'odeur de sa sueur que je sens d'ici. On reste silencieux devant son duvet en boule, son sac à dos déchiré et des emballages plastique. Après quelques secondes, bras ballants puis mains sur le ventre, doigts entrelacés, je crois bien que je prie.

On décide de continuer la maraude, à la fin de laquelle je ne boirai pas de bière, je rentrerai directement à pied. Je marche en sondant ma honte. Pourtant ce n'est pas moi qui ai volé les fleurs. Je n'ai pas honte en tant que maraudeuse, j'ai honte en tant qu'habitante de la ville qui participe et bénéficie de toutes ses infrastructures privées : boulangeries, bars, bureaux, banques, mairie, appartements. Je les longe, vides, chauffées, fermées. Une bourrasque fait rouler des poubelles sur l'avenue déserte. La honte d'habitante me fait baisser les yeux devant les mendiants. Ça et l'envie de garder ma monnaie. Un seul sentiment qui mêle la honte de posséder et l'envie de posséder. Je me recroqueville dans ma doudoune. Des salves de froid sec frappent mes joues et gonflent mes yeux. J'essaie de me rappeler son visage, sa voix, sa façon de parler, de marmonner en japonais, son odeur – j'imagine peut-être – sa panique, sa douleur, son trottoir seul pour mourir. Mes mains viennent me couvrir le visage, ça le protège du vent.

De retour chez moi, j'écris un mail au collectif Les morts de la rue, avec pour objet « Informations décès homme rue du Château-des-Rentiers ». Je leur envoie ce que je sais de Bertrand : prénom, âge, les éléments de l'appli Maraude. Des informations que le collectif a sûrement déjà, que la Croix-Rouge avait, que le samu social avait, que la mairie de Paris avait. Toutes ces institutions l'accompagnaient et il est mort. C'est en écrivant Cordialement que je pleure. Cordialement ne passe pas. On s'organise pour les maintenir. Et les maintenir c'est les laisser là.

Sur leur site, le collectif décompte 643 morts à la rue en un an soit, de façon régulière, un à deux morts par jour. Toute régulière qu'elle soit, la mort de Bertrand lors de mon premier hiver de maraude lie affectivement la mort à la maraude, comme une chanson à une ancienne histoire d'amour. En entendant Supertramp me reviennent des après-midi chez Romain à fumer, à écouter, à coucher. Romain et Supertramp sont liés. Chacun aura le goût de l'autre. Et la maraude aura ce goût-là.

Le lendemain matin, j'appuie sur la machine à café pour une première tasse puis pour une seconde. Quand la machine finit son boucan, je parle de Bertrand à mon mari puis je n'en parle plus. Quand le petit se réveille, on discute du dressage de dragons et j'étale du nutella sur les tartines.

Je travaille aujourd'hui, j'ai deux jours de post-prod, je m'en réjouis, enfin ça reprend. Je ne parle pas de Bertrand aux collègues que je connais peu. Je veux qu'ils me rappellent, je ne vais pas rendre l'ambiance du bureau pesante. Je n'évoquerai pas la mort de Bertrand au-delà de ma sphère privée, comme si c'était une mort intime.

D'ailleurs, comment le raconter ? J'en suis incapable. Je n'ai réussi ni à le rencontrer ni à l'aider. Coupant des rondelles de banane dans une assiette Harry Potter, je ne vois que ma place d'employée intermittente et de domiciliée. Ma place durement acquise dans la structure qui a tué Bertrand.

La nuit suivante, je me vois proposer des sortes de gâteaux, de petits-fours, à des soldats dans les tranchées de 14. Dans le rêve, je précise qu'ils sont faits maison.

Sourire au contrôleur

En voiture, mes coéquipiers critiquent Aymen, Il veut toujours tout, tu lui proposes, il prend. Il est pas là depuis longtemps, six mois disons. Et si c'est pas la bonne marque de rasoir, si c'est pas des Bics, il ne prend pas. La diva quoi.

Le mec se prend pas pour de la merde.

Et bien sûr, depuis ma première maraude, Aymen est mon chouchou, jeune homme souriant à la parole vive, assis contre son immeuble en verre. Son téléphone sur Insta attend à côté de lui pendant qu'il discute avec son visiteur. Une petite camionnette avec échelle sur le toit est déjà garée devant lui. Le conducteur, sorti de l'utilitaire, lui donne une soupe. Pas comme les nôtres, une vraie soupe avec des légumes, cuisinée par une vraie femme, présentement assise sur le siège passager, qui refuse de tourner la tête vers nous. Son mari nous explique qu'elle cuisine et qu'ils font la distribution ensemble une fois par semaine. Je trouve ça romantique, je suis tentée de dire S'il y avait plus de gens comme vous, je me retiens mais je le pense. Je dis juste, Bonne soirée, quand il remonte en voiture pour continuer leur maraude en amoureux. En soufflant sur sa soupe, Aymen nous tend une liste :

Pein
Rasoir
Brosse à dents
Dentifrice
Déo
Gel douche shanpoin
termos
mouchoir
eau

En marchant vers la voiture, notre chauf est consterné.

— Super, maintenant il nous fait carrément sa liste de courses. Il nous prend pour qui ?

— On n'est pas un magasin.

— Moi ça me dérange pas. Il nous dit ses besoins, c'est pratique.

— Il demande trop de choses, il va faire du trafic.

Il prononce trafic sans préciser de quoi. Il est nécessaire de ne pas le préciser pour que le mot se tienne droit. Si on précisait les termes, il s'écroulerait. Trafic de déo. Trafic de duvet. Trafic de gel douche. Ça sonne faux, on entend le son du faux. Trafic de brosse à dents.

Pour cette vie en marge de la ville, on dit trafic. Pour la vie de la ville, la vraie, on dit commerce. La différence entre trafic et commerce, ce n'est pas la nature de l'objet, c'est l'estime que l'on a pour le vendeur. Trafiquant ou commerçant.

Je reviens la première avec rasoir, brosse à dents et dentifrice. Les coéquipiers suivront. Aymen ose demander, il obtient, il faut être Aymen dans la vie. Là où des sdf honteux peuvent ne pas manger pendant trois jours, où l'on doit parfois insister pour estimer leur état de malnutrition, de déshydratation, puis pour les nourrir, pour les maintenir en vie. Aymen lui, ne se laisse pas abattre, il n'a honte de rien. D'ailleurs de quoi devrait-il avoir honte ? D'être à la rue ? D'être syrien ? Il ne peut pas se considérer comme responsable de ce qui lui arrive. Pas de son identité, pas d'avoir dû quitter un pays, pas des pulsions qui le traversent, pas de son besoin de dentifrice. Nous ne pouvons pas nous considérer comme responsables de ce qui nous arrive, nous subissons notre position sociale. Il n'y a ni honte ni fierté à avoir. Des circonstances peuvent nous mettre à la rue, au chômage ou nous muter à Chalon-sur-Saône, on s'adapte à nos vies. Alors d'où vient notre honte parfois ? D'où vient la mienne ? En plus d'être inutile et mortifère, la honte fait vivre moins, elle amoindrit le vivant. La honte est fausse. C'est Aymen qui dit cette dernière phrase. La honte est fausse en saisissant le rasoir. Il doit lire dans mes pensées. Il se prend pas pour de la merde et il a raison. Il est un prince, il ne se rase qu'au Bic.

Seul manquement à sa liste de courses, on n'a pas de thermos. Il s'en est fait voler au moins dix depuis qu'il est à la rue. Pourtant il ne laisse pas le thermos avec ses affaires, il le planque dans les buissons la journée. Mais des gens trouvent le thermos et l'embarquent.

Aymen a eu le covid le mois dernier, le variant Arcturus. Le chauf trouve qu'on dirait un nom de dessin animé. Goldorak ? Arcturus, ça vient du variant Omicron. Il y a plus que du Omicron en ce moment. Il a rendez-vous à l'hôpital la semaine prochaine pour vérifier que tout va bien. Il est installé contre l'issue de secours d'une tour en verre. Ça le protège de la pluie. Il dort sur des briques surélevant une planche en bois pour ne pas mouiller son sac de couchage. Technique des briques déjà vue mais adaptée pour la première fois à une construction de sommier.

Quand je me demande pourquoi il a choisi cet emplacement, Aymen le télépathe me répond qu'il peut se connecter gratuitement au Wi-Fi de la banque suisse juste au-dessus, au 2e étage de l'immeuble en verre.

On ne peut pas être indépendant en ville. On ne peut rien produire par soi-même, on ne peut pas vivre sans commercer avec la ville. Si on a l'argent, on ne ressent pas cette dépendance, on mange sa salade craquante aux deux saumons en checkant ses mails. Sans sentir le temps de travail de la pêche, de la culture des légumes, de la cuisine, de l'usinage de la barquette, de la livraison à vélo. Si on manque d'argent, on est le livreur Deliveroo qui checke l'adresse de livraison, on commence à bien sentir la dépendance. Il reste Aymen qui prend l'espace que lui laisse la ville, des trous où il se faufile. On est tous dépendant des livraisons de la ville mais on peut resquiller. Il nous reste la souplesse. Il nous reste à être débrouillard et filou comme Aymen.

Comme on repart vers la voiture, mon coéquipier s'étonne à voix basse, Aymen demande tout, mais jamais de carte de métro et il doit traverser

Paris pour aller à l'hôpital. Je souris à mon coéquipier comme Aymen doit sourire au contrôleur en le voyant s'approcher avec son petit brassard fluo RATP. Aymen l'accueille les bras ouverts.

Je vois une bête

Stéphane n'a besoin de rien, une autre maraude est passée tout à l'heure. Il dort dans un recoin sur les Maréchaux. On est jaloux de ceux qui nous ont devancés. On devrait le laisser se rendormir mais on veut savoir.

— C'était qui cette maraude ? Le samu social ?

— Non, ils étaient habillés en armure grise. C'était pas le gilet bleu du samu social.

— En armure grise comme au Moyen Âge ?

— Oui voilà.

— Ils t'ont donné des trucs ?

— Comme vous, ils voulaient me donner du café, de la soupe mais j'ai pas faim alors ils sont repartis. Heureusement parce que j'ai pas faim alors ils sont partis. Et j'avais peur aussi, à cause de leurs épées. Vous n'avez pas d'épées ?

— Non on n'a pas d'épées, on vient pour t'aider si tu as besoin. On n'a pas d'armes.

— Je vois une bête.
— Tu la vois depuis longtemps ?
— Non, je la vois depuis ce soir.
— Elle est avec toi en ce moment ?
— Pas loin.
— Elle est comment ?
— Elle est très grosse. Elle arrive là.

Il tape un poing sur son sternum qui résonne comme un son de grosse caisse.

— Elle te fait mal ?
— Non pas du tout.

Il montre du doigt une rue pavée sombre qui croise les Maréchaux.

— Elle est là-bas.
— C'est une bête inquiétante, ou gentille avec toi ?
— C'est pas inquiétant c'est un mouton.

Il tend à nouveau le doigt vers la rue. Apparaît alors un énorme mouton noir, rendu gauche par l'excès de laine qui pèse partout autour de lui et lui fait un bourrelet dans le cou. On n'entend pas ses sabots. Il avance dans la lumière du trottoir, s'arrête, regarde autour de lui. Aucune voiture. Sa tête suit l'avancée placide d'un tramway puis se fixe. Son corps ne bouge plus, pattes ancrées au sol, peut-être qu'il dort debout. Il baisse soudain la tête jusqu'à la touffe d'herbe échappée d'une grille d'arbre. Le corps immobile, il mastique nerveusement. Toute sa vitalité est dans la bouche.

Sur le trottoir d'en face, on le regarde, on se demande combien de kilos de laine il a sur le dos et qu'est-ce qu'il fout là. Il lève ses yeux horizontaux qui lui dessinent un trait noir de chaque côté de la tête. Il doit avoir un champ de vision énorme, il doit être omniscient. Pourtant il ne semble pas nous voir, il mâche.

— C'est un mouton du parc Kellermann non ? Il y a une ferme pour les gosses, trois moutons, des poules…

— Oui j'y emmène mon fils des fois. Il y a des moutons noirs. Je reconnais pas formellement celui-là, mais enfin, si on devait faire un portrait-robot, il leur ressemble beaucoup.

— C'en est peut-être un autre ? Lui c'est pas un mouton de la ferme pédagogique. C'est son cousin, un mouton-graphiste de la station F.

— La station F ?

— C'est le truc de start-ups de Xavier Niel. Ils appellent ça un incubateur numérique mais c'est des bureaux quoi.

— …et le mouton-graphiste a monté sa start-up de livraison de laine bio pour tricoter devant

Netflix. Il a fait une levée de fonds qu'a hyper bien marché !

Le chef calme notre excitation et m'empêche de poursuivre sur Délivémoufle. Je maintiens que c'était un projet de start-up prometteur. Il recentre la conversation :

On le laisse se faire Paris by night ?

— Il va se faire écraser.

— Ou se retrouver sur le périph'.

— Ou finir en méchoui.

Le chef décide, Il faut le ramener au parc, c'est juste à côté, ce sera pas long.

— OK, c'est quoi les recos pour le sauvetage de mouton ?

Dans le coffre, je dénoue les sangles qui fixent les thermos de café et je reviens avec. Je m'approche courageusement. Je ne montre pas que j'ai peur pour garder une certaine prestance vis-à-vis des collègues et du mouton. Je suis repérée. Il me regarde fixement, on dirait qu'il plisse les yeux pour me toiser. J'avance d'un pas, il recule de deux.

Stéphane se lève de son sac de couchage pour m'aider, mes deux coéquipiers approchent. On l'entoure ? L'arrivée de mes collègues le fait reculer davantage, On ne bouge plus.

Le mouton me fixe moi comme si j'étais la responsable, il n'a pas remarqué que je n'étais pas gradée. Ou il s'en fout, il est anarchiste. Je le regarde, Calme-toi, on va te ramener chez toi. C'est ce que tu veux ?

Il ne répond pas. Je vois la fumée sortir de ses naseaux. Le froid ambiant ou sa colère.

Il n'y a pas d'herbe à brouter ici, pas de champ, pas d'ami-mouton. Que du béton, il n'y a pas de vie ici, je vais te ramener chez toi.

Je réessaie, j'avance d'un pas, il recule mécaniquement. Je n'y arriverai pas. On n'a qu'à laisser ce pauvre mouton, il est marrant. Je recule pour arrêter de l'effrayer, il baisse la tête et se met à courir. Il me charge. Stéphane saute vers moi, se prend le mouton dans le bide, chute et l'attrape au harnais. Stéphane se fait piétiner les jambes. Je tente un dressage idiot et apeuré comme l'est toujours un dressage, Arrête ! Vilain mouton ! J'accroche la sangle au harnais et l'enroule à mon poing. Je le tiens. Stéphane se relève, le mouton est entre nous deux, collé à nos jambes, rassuré par ce contact.

— T'as pas mal Stéphane ? Ça va ?

— Oui, ça va. C'est pas un taureau hein !

— Heureusement, notre dernière corrida place d'Italie, c'était un peu tendu, à cause des voitures surtout...

Stéphane éclate de rire. Pas à ma blague. Il éclate de rire à l'animal, aux jeux d'enfants, de cow-boys qui attrapent le pur-sang, à sa vivacité et à son courage pendant quelques secondes, à sa victoire. Stéphane, mes deux équipiers, Vilain Mouton et moi, nous marchons fièrement vers le parc Kellermann.

On se raconte plusieurs fois le moment d'euphorie de capture de l'animal sauvage, fantasmant a posteriori une synchronisation de l'équipe, transformant le but de Stéphane en action collective. Après le débrief du match, on n'a plus rien à se dire. Silence dans les vestiaires.

Je tiens Vilain Mouton la laisse courte, remarque sa bague en plastique jaune qui perce son oreille, numéro 20002. Je suis à sa gauche, Stéphane à sa droite. Mes collègues derrière nous aident quand il nous entraîne brusquement d'un côté ou de l'autre.

Stéphane regarde Vilain Mouton et, peut-être par association d'idées, me raconte qu'il a bossé dans un abattoir avant. Il n'y avait pas de mouton, surtout du bœuf.

— Ça te plaisait ?

— À la fin j'avais mal au bras, regarde.

Il remonte la manche de son pull et me montre sur son bras osseux une boule juste à côté de son coude. Ça me fait deux coudes sur un bras.

Touche ! La peau sur les os. Je touche, c'est tout dur. Non c'est l'autre. Je touche l'autre coude. C'est dur pareil.

— T'as vu un médecin pour ça ?

— Oui c'est arrivé il y a quinze ans mais il a dit que c'était normal. J'ai continué le boulot.

Stéphane mime le déplacement de la carcasse en l'air et trois découpes, une longue de haut en bas et deux petites sur les côtés. Il rythme ses gestes, 1, 2, 3, tac, tac, tac. Un rythme de tango, je crois. Je regarde le spectacle et me fais emmener loin par Vilain Mouton indifférent à la beauté et à la cruauté du geste. Nous l'arrêtons à nous quatre.

— Ça va il tire pas trop ? Je peux le prendre.

— Je le garde. Il tire comme le chien de mes parents.

Je suis fière de le tenir, ce sera marrant à raconter aux copains. Mon trophée. Nous arrivons devant la grille fermée du parc Kellermann. La grille est haute, on peut l'escalader mais on ne passera jamais Vilain Mouton qui mâchonne maintenant la poche latérale de mon pantalon, il a faim.

Le chef sort son portable et cherche des infos Wikipédia :

Le mouton est un mammifère ruminant qui existe aujourd'hui surtout sous sa forme domestiquée. Cet animal très sociable n'aime pas être seul.

Contrairement aux idées reçues, il ne faut pas lui donner de pain. L'amidon du pain fait gonfler son estomac et, à terme, lui fait courir un danger mortel.

C'est vrai ? Mais ça doit faire cinq ans qu'on leur apporte du pain avec mon fils. Et plein de familles font ça. Si ça se trouve, ils doivent remplacer les moutons tous les six mois. On est des serial killers de moutons. J'attache la sangle à la grille. Il donne des à-coups pour s'enfuir. Ça fait trembler les grilles de colère. On lui a évité un accident sur les Maréchaux, et on l'a privé de sa liberté. On l'a aidé et contenu. Il ne veut pas de ce rapport à l'Institution. Il est vraiment anarchiste. On part tous cueillir des feuilles d'arbres et des branches qui dégoulinent des grilles du parc pour nourrir Vilain Mouton. Il mange le nez en l'air pendant que Stéphane lui gratouille la tête, il a l'air de sourire.

La capsule de Thomas

C'est devenu compliqué d'aller jusqu'à Thomas. Pourtant on le connaît depuis… comme Tatiana, il fait partie des historiques. Il est très gentil tu vas voir, c'est l'ami des rats.

De maraude en maraude, je connais déjà plus d'une cinquantaine de sdf de mon quartier, et j'en rencontre toujours de nouveaux. J'ai souvent entendu parler de Thomas. Ça veut dire quoi l'ami des rats ? Il choisit d'en avoir ou il est envahi ? On sait pas il a plein de rats sur lui. C'est impressionnant mais pas dangereux, ils ont jamais attaqué.

Sous les Maréchaux, notre voiture se perd sur les voies en travaux qui se croisent, se nouent et s'enserrent autour du chantier. Des virages partout, un maillage d'avenues barrées et un pont inachevé forment le centre névralgique de rien. Ces routes emmêlées sont vides, presque sans circulation, une excroissance de la ville entre la Seine, le périphérique et le centre d'incinération Ivry/Paris 13. Le plus grand incinérateur d'Europe, avec deux cheminées énormes, des containers et des grues qui clignotent dans le ciel. L'incinérateur brûle les ordures ménagères et la chaleur générée alimente le chauffage urbain. Plaques et tranchées dans le sol. On suit les trajets absurdes entre blocs de béton et signalisations provisoires. Poussés sur une voie en sens interdit, on remonte en marche arrière et on se gare sur le bas-côté soulagé, tout près du chantier perdu dans les bifurcations ou déjà dans le chantier, on ne sait pas.

Entre deux barrières métalliques qui masquent les travaux, on s'engouffre à pied.

C'est privé, on n'a pas le droit d'être là, mais on connaît bien Thomas. On marche dans la boue et les tas de gravats. Le chantier n'a pas d'éclairage, pas de chemin, apparemment pas d'alarme. À mesure que l'on s'éloigne de la voiture, on sent plus fort les fourmillements de l'enfance qui investit le terrain vague interdit pour ses jeux. On passe entre deux tranchées pleines de tuyaux et de câbles à la seule lumière des tours DUO penchées juste derrière. Les tours DUO sont deux gratte-ciel en verre dont les façades inclinées réfléchissent tout du long les lampadaires de la ville et les phares des voitures sur les Maréchaux. On lève la tête vers les tours pour voir les voitures s'envoler.

C'est là-bas !

Contre un mur de béton au milieu du chantier, quatre petits sapins, sur l'un d'eux une guirlande de Noël et à côté un bloc en bois d'un mètre de hauteur sur deux mètres de long.

Bonsoir Thomas c'est l'Institution ! Bonne année !

Ça bouge dans le bloc. Thomas ouvre sa porte en bois, et le rideau intérieur. On le devine de profil dans la position semi-allongée du fauteuil de dentiste. Lorsqu'il allume la lampe frontale suspendue au plafond, sa cabane s'illumine. Toutes les parois sont recouvertes d'une épaisse couche argentée, le compartiment d'une fusée. C'est le premier habitat que je vois comme ça, c'est joli, brillant, C'est bien isolé ? Oui il en est content. C'est thermo-réflecteur à bulle d'air, il a mis trois couches. Ça fait deux hivers qu'il a isolé comme ça, ça marche bien, il conseille. Il a pris le matériel à côté sur le chantier. Deux plaques sur des centaines, personne n'a rien vu. Deux couches c'était bien. Trois c'est parfait.

Alors que la conversation sur l'isolation bat son plein, Thomas lève la main doucement et ferme les yeux comme s'il écoutait une musique émouvante. Je me tais et il déclame :

Que votre amour soit plus grand qu'Ivry
et que Paris et que la France

Que votre courage soit insufflé à tous
À tous les démunisés que vous rencontrez,
À tous les faméliqueux, les infortunistes, les misérés.

— Les misérés ?

— Oui, c'est mon mot, j'invente mes mots. Mon poème s'appelle *Amour-prophète*.

— Merci, c'est beau.

— C'est parce que je lis beaucoup de poésie. La journée je vais au Jardin des Plantes et je lis mon livre de poésie.

— C'est quoi ton livre de poésie ?

— Celui que j'ai écrit.

Thomas a un moment d'absence. Le chef change de sujet, Tu veux une soupe ? Un sandwich ? Des habits ?

Une fois la commande passée, on le laisse quelques minutes pour retrouver la voiture en trébuchant dans les gravats. On suit les traces des pneus dans la boue. Thomas nous guide de sa cahute. Il crie le chemin comme si nous marchions à l'aveugle.

— À gauche, et à droite après la barrière !

— Non il y a un trou, on ne peut pas passer !

— Si, faut se faufiler !

En s'approchant, entre la barrière et la tranchée, on découvre un chemin en planches de bois construit par les ouvriers. Il connaît le terrain.

Devant le coffre, le chef me jette un sac de couchage dans les mains, Réflexe !

Il explique ensuite, Avec Thomas, on se connaît depuis des années, on a une relation de confiance. On peut lui donner un sac de couchage, il sera content. Vous y allez toutes seules les filles ? Je vous attends ici, je me retape pas le parcours dans la boue ça va bien.

On revient à la capsule avec tous les signes d'une relation de confiance, sac de couchage, habits, sandwichs, produits d'hygiène et Ferrero. Il nous remercie, commence à manger, prend le duvet et nous demande où il pourrait le revendre, J'ai trois sacs de couchage. Je sais pas où les vendre. Moi je veux m'acheter des fruits.

On se regarde avec ma coéquipière, on ne parlera pas du trafic au chef. Je sais pas où tu peux troquer ça, mais pour les fruits, moi j'en récupère en fin de marché. Il y a toujours des cagettes avec des fruits pas trop mal.

Je demande à Thomas s'il a bâti sa capsule sur le chantier, mais non il était là avant les travaux. Il a surtout travaillé l'isolation avec le chantier. Les grues sont venues avec des camions malaxeurs de béton, il a été encerclé sans être chassé et c'est pire. Ils ont fait comme si j'étais pas là. D'un coup les tours DUO ont grandi derrière lui et l'ont toisé comme des ogres. Des Gigantiques. Elles appartiennent à Ivanhoé Cambridge, une filiale immobilière, l'un des plus importants gestionnaires de fonds qui gère le régime de rentes, de retraites et d'assurances publiques du Québec. Les cinq derniers étages des deux tours sont entièrement allumés. Certains sont alternativement allumés ou éteints, ce qui, vu de loin, produit un élégant graphisme, probablement conçu par un scénographe payé par les retraites des Québécois. C'est joli et triste cette lumière qui n'éclaire personne, qui esthétise des bureaux vides. Quand le vent vient du sud, la fumée du plus grand incinérateur d'Europe enserre les tours.

Sur le site d'Ivanhoé Cambridge, Bill Tresham, son président, déclare : « Tous les espaces de DUO sont loués. Il s'agit d'un cas de figure sans précédent. Cette réussite de la commercialisation démontre l'attractivité du positionnement de DUO et de son offre de services. Elle vient confirmer la capacité d'Ivanhoé Cambridge à répondre à la demande exigeante des grands utilisateurs et son expertise sur le marché des bureaux dans le monde. Elle souligne également notre capacité à travailler en étroite collaboration avec une ville-monde comme Paris. » Les tours DUO abritent des bureaux, le siège d'une banque, un hôtel, un restaurant, un auditorium, des commerces, des terrasses végétalisées et un bar avec terrasse panoramique. Le fonds de pension façonne plusieurs villes-monde. Et Thomas, de son bidonville de l'espace, regarde clignoter le sommet des Gigantiques.

Sohan

Je ne sais pas comment toquer devant cette tente fermée et encore inconnue. Nous nous annonçons, Bonsoir c'est l'Institution. On fait des maraudes. Vous voulez un café ? Une soupe ? J'ai le bol de soupe encore sous vide à la main avec la liste des ingrédients inscrite en tout petit, et *Product of Mauritius, Produit de l'île Maurice.* L'usine de soupe chinoise de l'île Maurice doit être repérable au nez à trente kilomètres.

Dans la tente, ça bouge mollement. La fermeture éclair de l'entrée s'ouvre. Un homme allongé sur le ventre nous regarde. Sous sa couverture, il n'a pas de T-shirt. Il porte le caleçon très bas et il est torse nu. Nu en fait. Le caleçon est un drap qui glisse.

Avec un regard doux, sa nudité l'indiffère ou l'amuse.

SOHAN

Sohan ne demande pas plus que ce qu'on lui propose. Il prend peu. Il ne veut pas de soupe. Juste un café, par politesse, pour ne pas nous envoyer balader, ou par envie. La cheffe insiste, Fais-lui une soupe quand même. Il n'en voudra vraiment pas et je la coincerai entre mes pieds dans la voiture jusqu'au prochain, avec l'eau brûlante qui veut sortir du bol à chaque virage.

Sohan a une douceur dans sa voix dans son regard, entre le calme christique et la suavité allumeuse. Je lui demande s'il a besoin de quelque chose.

— Une serviette.

— Une serviette pour la douche ?

— Oui.

Évidemment pas une serviette de table.

— Tu te laves où ?

Il montre le quai de Seine en bas. Je ne sais pas s'il désigne un robinet d'eau public ou la Seine elle-même.

Nu, il fait sécher ses chaussures et chaussettes sur la bouche d'aération. Je suis en parka et il demande juste une serviette qu'on n'a pas. Je note « Serviette » sur l'appli pour la prochaine fois, je lui propose T-shirt, pull… Il refuse. Pas besoin. Sa douce passivité m'émeut et m'énerve. J'aimerais qu'il se réveille, qu'il braque notre bagnole à poil, qu'il démarre à fond et qu'on ne le voie plus jamais.

J'aimerais qu'il ait des envies. J'aimerais voir sa force, sa cruauté. Et la mienne. Je ne comprends pas mon corps en uniforme qui distribue des soupes qui puent. Je ne comprends pas mon calme nocturne.

Merci pour le café.

À la maraude suivante, alors qu'il déballe comme un gosse content de son cadeau la serviette qu'on lui a apportée, une Mercedes blanche ralentit sur la voie d'en face, vitres teintées. Elle attend. On imagine ses passagers nous dévisager. Sohan leur fait signe de partir sans vraiment les regarder, en secouant la serviette. La Mercedes continue et attend au bout de la rue. Mes coéquipiers font semblant de ne pas la voir, de ne pas comprendre. Moi, je ne fais pas semblant, vraiment je ne comprends pas pourquoi il secoue sa serviette bizarrement. Plus tard, dans notre voiture qui n'est pas une Mercedes, mes coéquipiers m'expliquent que Sohan deale. Il n'est peut-être pas un très bon dealer. Une petite main, pas assez gradée pour se loger. Il faudrait qu'il fasse une formation force de vente, un BTS Négociation et Digitalisation de la

Relation Client. Il pourrait faire seulement un an en alternance avec la validation des acquis.

Le chauf croit que Sohan ne nous donne pas son vrai nom. Peut-être qu'il nous ment. Entre les récits parfois contradictoires des gens de la rue, ce qu'ils nous cachent, ce que l'on comprend, on établit des hypothèses. On dit souvent peut-être. Leurs histoires sont peut-être des inventions, peut-être des mensonges, peut-être la vérité. Peut-être qu'ils croient ce qu'ils disent, la rue change leur rapport à la réalité. J'aime croire aux récits qu'ils m'offrent. Je les prends comme des dons. Il y a ces dons et il y a les faits matériels bruts : je vois Sohan seul dans sa tente chaque semaine depuis trois mois, endormi, souvent triste, souvent nu.

Les fibres du foie

On repère une bande de quatre. On est trois. On n'a pas le droit d'y aller. On se regarde. Malgré leur style métaleux, on n'est pas inquiet. Peut-être parce qu'ils sont trentenaires comme nous, peut-être parce qu'ils sont calmes, peut-être parce qu'ils sont blancs. On s'approche.

L'un vient vers moi, me demande de l'argent. Il est brun, tatoué sur les deux bras. Le corps gracile, presque féminin. Sa main fine tendue vers moi, virilisée par ses bagues gothiques qui forment un poing américain. On n'a pas le droit de donner de l'argent en uniforme mais on a du café, de la soupe. Il n'a pas besoin de ça. Il veut s'acheter des bouteilles. Il fait tellement froid. Il veut boire pour supporter.

Mes collègues sont avec les trois autres assis. Ils ne me voient pas. Je sens dans ma poche un billet de 20 et une pièce de 2. Je lui donne discrètement la pièce. J'aurai peut-être besoin de mon billet en rentrant chez moi dans la nuit, pour prendre un taxi en cas de problème. Je lui donne 2 parce qu'il en a besoin, et je garde 20 au cas où. Les proportions de ma générosité.

Il repart avec la pièce. Je lui dis Bonne soirée. C'est une chose que j'ai appris à dire en maraude. Ne pas s'excuser de la situation, souhaiter simplement une bonne soirée comme on le dirait à n'importe qui. Une bonne soirée c'est possible sait-on jamais. C'est une ambition abordable.

Il attrape ma phrase au bond :

— Ici, ça va être compliqué.

— Oui il fait froid. Tu veux qu'on appelle un centre d'hébergement d'urgence ?

— Non je vais pas là-dedans. Je reste ici.

— Et tu as des amis dans la bande ?

— Bah, ils sont à la rue comme moi.

Il hausse les épaules. Amis, il ne comprend pas la question. Il enchaîne :

— Je bois deux bouteilles de 70 centilitres par soir.

— Deux bouteilles de quoi ?

— Vodka. 70 centilitres de vodka. Ça m'assomme pour dormir. C'est difficile de dormir à la rue. Je trouve le sommeil comme ça. Mais c'est pas bon pour moi, j'ai eu 0,98 au FibroTest.

— C'est quoi ? C'est bien, 0,98 ?

— Non, c'est pour le foie, les fibres du foie, la cirrhose, c'est entre 0 et 1. Quand t'es à 0 ton foie est bien, quand t'es à 1 il est fini. 0,98, j'avais des médicaments mais j'en veux plus. Je vais mourir jeune.

Il le dit sans se plaindre, sans colère. Le constat inéluctable le rend mélancolique, le surprend un peu quand il le prononce. Il dit l'horreur avec douceur. Je l'aime bien, il a quelque chose de l'étonnement de l'enfance derrière ses tatouages et ses bagues. Il a envie de parler, je vais écouter. Qu'il arrête de hausser les épaules quand on lui parle d'amitié et je vais écouter. Il dit Le foie ça se régénère il paraît.

J'acquiesce. J'ai envie d'y croire, que le foie se régénère, que les énergies circulent indéfiniment, que la vie continue absurdement avec une obstination qu'on n'imaginait pas. Qu'elle peut continuer ou s'arrêter avec la même injustice. Qu'il ne reste parfois que les prières, que certaines peuvent s'exaucer. Je veux croire en sa résurrection.

Ça y est, la tristesse arrive entre nous, il veut m'y emmener. Il en a envie. Je l'écoute sans me faire embarquer.

— Et mes gamines ne me parlent plus parce que je suis à la rue. Alors que j'y suis pour rien moi.

— Elles ont quel âge ?

— Elles ont dix-sept ans, deux de quinze et une de quatorze. Regarde j'ai les noms tatoués. Kelly, les jumelles c'est Lilou et Louna, et la dernière Thaïs.

Il tire le col de son T-shirt pour laisser apparaître sur sa clavicule chaque prénom quand il les prononce.

— Ouah, quatre filles c'est… bien.

— Et tous avec la même femme !

— C'est balèze. Mais t'es jeune pourtant ?

— J'ai trente-quatre ans. La grande je l'ai eue à dix-sept ans, et ma femme en avait quinze. Elle était blonde, belle, on était amoureux. C'est la seule femme que j'ai aimée de ma vie je le jure. Jenny, c'est la femme de ma vie. Ses parents voulaient pas qu'on se mette ensemble. On a écouté personne. Moi j'avais pas de parents. On était heureux, elle, moi et la gamine. On a tout fait ensemble, on a construit notre vie ensemble. J'ai bossé comme un malade. Fallait acheter à manger. C'était déjà compliqué mais après, avec les jumelles, c'était pire. On a été séparés, c'est ça qui a tout fait foirer. On était pas faits pour vivre séparés. Elle s'occupait des enfants à la maison. Je travaillais. Mais j'ai bien gagné ma vie. Attention je gagnais très très bien ma vie. Je faisais des allers-retours Lille-Bruxelles.

Je travaillais dans le monde de la nuit, tu connais le monde de la nuit ?

— Pas trop, non.

— J'étais quelqu'un à Bruxelles. Je remplissais les boîtes, soirées VIP nin nin nin j'amenais les clients nin nin nin. Mais ma femme disait t'es jamais là. Elle disait elle s'occupait de tout. Il fallait bien que je bosse ! Elle est retombée enceinte. On s'est séparés mais on s'aimait toujours, c'était juste pas possible. Je continuais à bosser, à lui donner de l'argent pour les filles. Elle a rencontré un mec, j'ai pas supporté. Le mec habite chez moi avec ma femme, avec mes gamines. Il me prend ma vie. Elles l'appellent papa. J'ai pas supporté. Je l'ai presque tué on va dire.

J'ai un rictus nerveux. C'est quoi presque ?

— Je lui ai roulé dessus. Mais attention j'ai jamais touché à ma femme. Je lui aurais jamais fait de mal à ma femme, c'est la mère de mes enfants. Après ça, j'ai pris dix ans mais j'ai fait que sept. J'ai eu une réduction de ma peine. Depuis je suis là. Et mes filles me parlent plus. J'ai ma femme au téléphone des fois, elle me donne des nouvelles. Je lui aurais jamais fait de mal. Je l'aime. C'est juste que je bossais trop. Je suis pas un mauvais gars. J'ai pas eu de chance.

Tout est féroce. Les moments de sa vie, leur enchaînement qu'il trouve logique. Je ne sais pas formuler une réponse à la hauteur de sa férocité. Cet amour possessif jusqu'à la morbidité m'est inaccessible. Me viennent des discours moraux, le corps de ta femme ne t'appartient pas, tu dis « ma » femme eh bien, le possessif est un abus de langage, une erreur. Me viennent des discours sociaux tu es suivi par une assistante sociale ? Des discours sanitaires et pour tes médicaments ? Les discours me viennent et repartent. Je ne les prononce pas. Je veux répondre quelque chose de doux, peut-être pour circonscrire la férocité, pour le consoler ou pour me protéger.

— Toi t'es gentille, ça se voit dans tes yeux. T'as les yeux bleus ou verts ?

— Bleus.

— Mais avec des points jaunes au milieu. Ça te fait des paillettes.

Il approche son visage pour me regarder dans le jaune des yeux. Le discours social vient à mes lèvres finalement, je lui demande s'il est suivi par une asso, s'il veut qu'un médecin vienne le voir pour le foie ou autre chose.

— Tu comprends pas ? C'est fini, je veux pas de médecin, je veux rien.

La joie du même

Sur les lampadaires pendent les « Bonne santé » et « Joyeuses fêtes » des décorations en papier rouges et dorées du nouvel an chinois. Des banderoles écrites en français et en caractères chinois qu'on traduit n'importe comment dans la voiture. Celui qui lit ça est un con. Le 13ᵉ arrondissement est le quartier asiatique de Paris. Les guirlandes reviennent chaque année, elles sont signées et donc payées par la mairie du 13ᵉ arrondissement et les magasins d'alimentation asiatique Tang Frères. Une banderole se détache et traîne par terre.

Sur la route, on croise une autre voiture de l'Institution. Même vert uni et ruban gris, même gyrophare. Les passagers nous saluent sans nous connaître, le bras frénétique d'une joie aussi sincère que subite. Une joie du même. On a le même uniforme, le même véhicule, on est pareil, on vit les mêmes choses. Ils doivent être en creux de maraude, ils s'ennuient ce soir, ils ne se sont pas encore sentis utiles. Avant que l'on ait envie de se moquer de l'infantilité de leurs coucous, la solidarité d'uniforme nous saisit. Une joie qui n'a pas besoin que nos véhicules s'arrêtent pour discuter. On sait lire sur leur pare-brise : ils viennent du 12e.

La solidarité d'uniforme m'est tombée dessus. Elle vient par le corps, de l'expérience collective d'avoir sorti la bouteille d'oxygène, le T7, d'avoir dit Il répond pas, d'avoir mis le gyrophare en allant aux urgences, d'avoir veillé ensemble un vieux monsieur, tête et main en sang, d'avoir eu ensemble les mains broyées par un autre qui s'agrippe à nous. Serrez un peu moins fort monsieur, ça va aller. Et trouver ça beau, cette main de vieillard qui s'accroche à la vie et mon coéquipier de dix-neuf ans qui ne se défausse pas. Se relayer pour des massages cardiaques et les soupes chinoises crée un lien, qu'on appellera faute de mieux l'amitié. On partage la fierté de l'uniforme, le sentiment d'être écrasé par la ville-structure et d'y collaborer. L'aide aux sdf répétée et codifiée à travers le rituel du mercredi soir devient acte de croyance. On partage ce moment vital et politiquement vain. On partage le sentiment malgré tout de faire le bien. Lié par le sentiment-malgré-tout, on fait coucou au 12e.

On s'arrête au 56 rue des Gobelins. Un vieil homme est assis sur un banc avec caddie et couverture. Le visage bruni et craquelé par le froid, les yeux rieurs. Il nous a été signalé par le samu social, on ne sait pas pourquoi, pour quoi faire, pourquoi lui. On nous a donné un nom, une adresse, et demandé d'y aller. Alors on rencontre Jean au 56 rue des Gobelins.

Il est content de nous voir et se livre facilement. Il passe la journée au parc, il voit les mamans, les enfants qui jouent. Il y a de la vie. Mais en ce moment les parcs ferment trop tôt, 17 h 15 c'est la merde. Ils disent qu'ils ferment à 17 h 45 mais les gardiens sifflent, ils te virent à 17 h 15. Jean échoue sur son banc à 17 h 30 et il s'y ennuie. Même pour les gosses, ça doit pas être marrant de partir aussi tôt.

Jean prend une soupe.

— Vous voulez un sandwich aussi ?

— Non je peux pas.

Il me sourit sans dents, juste avec les gencives, un sourire de bébé sur un visage ridé.

— Bon. Autre chose ?

La joie du même

Il aimerait bien sa retraite. Il attend que la caisse des retraites la lui verse. En attendant il vit sur le banc. Comme il n'a plus d'adresse, c'est compliqué pour la paperasse. Il utilise l'adresse d'une asso locale qui doit l'appeler quand la caisse aura étudié son dossier. Ça fait six mois qu'il attend sur le banc. Depuis cet été.

Il a été un peu ouvrier dans différentes boîtes. Manutention dans des usines. À la fin, il était livreur.

— Comme les livreurs à vélo ?

— Oui.

— Et ça compte comme des trimestres, livreur ?

— Je sais pas mais j'avais mal à la hanche je ne pouvais plus. Puis j'ai reçu le papier, j'avais l'âge.

Quand il touchera sa retraite, il partira en Bretagne, à la mer.

Nuit électrique

Je ris trop fort dans la voiture de l'Institution. Le soleil d'avril a passé sa journée à réchauffer nos sièges, nos façades d'immeubles, nos terrains de basket, nos pistes cyclables, nos peaux. C'est la première maraude du printemps. Le chef essaie de reprendre les filles dissipées qui chantent en espagnol à l'arrière, il veut être efficace, voir un maximum de sans-abri ce soir. On accorde cinq minutes à chacun, pas plus. On n'ira voir que les habitués. On ne parcourra pas le quartier à la recherche de nouveaux. Une recherche à l'aveugle diminue le nombre de sans-abri vus dans la soirée. Et ce soir on fait du chiffre, on sait où on va.

On glousse. La nappe de chaleur flotte dans l'habitacle. On enlève les polaires de l'Institution, on garde le polo au même motif déboutonné. C'est marrant, on enlève un habit on a le même en dessous, autant enlever les feuilles d'un chou. Combien de feuilles faut-il nous ôter pour ne plus voir l'Institution en nous ? Comment on dit chou en espagnol ? On regarde les flâneurs du parc de Choisy. Les parcs ferment après 20 heures désormais. La fontaine centrale lance à rythme régulier des courbes d'eau qui se croisent, s'élèvent et dansent, les sdf pourront se laver, l'eau est revenue.

Malgré nous, on traîne un peu, et à chaque habitué davantage. Envie de discuter, pas d'être efficace ni de répondre aux objectifs arbitraires du chef. Les maraudes de l'Institution sont sans impératif horaire, sans obligation de résultat. On sent la fatigue arriver, la nuit tombe avec l'excitation. On voudrait rentrer chez nous. On va voir Mous et c'est fini. Les filles dissipées ne chantent plus, elles s'avachissent sur le sac de soins comme une fratrie entassée sur le siège arrière des grandes vacances.

Juste derrière le pont, on suit la fumée et on découvre un barbecue. Un homme assis est penché sur une grande casserole surélevée par deux parpaings au-dessus d'un feu, contre le pilier du pont pour abriter le foyer du vent.

On est content de rencontrer un nouveau sans-abri. C'est de la curiosité – que d'aucuns pourraient trouver mal placée – pour ce nouveau qui nous offrira peut-être son histoire. Un nouveau nous offre aussi l'espoir de pouvoir l'aider. Plus une personne vit à la rue longtemps, plus elle se désynchronise de la ville, elle se désociabilise, elle devient difficile voire impossible à aider. Un nouveau, on ne sait pas, on espère. Le picotement de la rencontre masque l'effet de structure. Lui, on va réussir à le sortir de là, à le rentrer de là plutôt. Le mettre à l'intérieur de la ville, avec nous, de notre côté.

Installé entre le boulevard et le quai de Seine, il remue lentement sa casserole qui sent bon. Il a répété son prénom plusieurs fois. On a plissé des yeux en lui demandant de répéter, il a fini par dire Joe.

Joe nous raconte qu'il a fait des études en Allemagne. Il nous parle de fac allemande en anglais. Emma comprend qu'il y a fait ses études, je comprends qu'il y a aussi été prof. On entend master, doctorate, filipino. Le parcours universitaire d'un Philippin en Europe. Il attend ses papiers pour que ses années universitaires lui permettent de bosser et d'étudier ici. Il voudrait une chemise pour le travail. On a seulement deux T-shirts propres à sa taille, on cherchera une chemise pour la semaine prochaine. Ça sent bon. Huit cuisses de poulet mijotent dans la casserole. Ce devait être un lot de viande bon marché sous cellophane. Que des cuisses qui nagent étrangement en suivant le mouvement de la cuillère. Que sont devenus tous les corps démembrés ?

Il remue avec douceur, attention, plaisir. Il ne réchauffe pas, il cuisine. Il nous montre la bouteille de sauce soja, le vinaigre et le sucre pour donner sa recette. On s'assoit par terre, jambes allongées sur le béton tiède, je desserre ma ceinture, détache mon bouton de pantalon qui fait mal. On se ramollit. On se fond dans la tiédeur de la soirée, l'odeur de poulet ne nous donne pas envie de faire du chiffre. Le printemps se pose sur nous. Joe voudrait de la musique. Adrien propose de rapprocher la voiture pour mettre la radio. Alors qu'on pourrait utiliser nos smartphones, il veut le son de la Kangoo. Un puriste. Assis à la place du conducteur, il tourne la clé et la voiture ne fait aucun bruit, aucun mouvement. La caisse est dead. C'est le verdict que pose Emma en se relevant pour aider Adrien.

La semaine dernière, l'autre voiture de l'antenne du 13e a eu un problème de batterie et j'étais déjà dans l'équipe. Je porte la poisse, je bouffe l'électricité des bagnoles. On sort les pinces-croco du coffre, Adrien trouve ça con. Elle vient de faire la maraude, elle a déjà roulé trois heures. Si elle ne démarre pas maintenant, c'est pas la batterie ! C'est bien les filles ça ! Il appelle l'antenne du 12e, ils ont mis en place un service technique, ils sauront nous dépanner.

Adrien appelle, On est en rade sur les quais sous le pont National. Le 12 répond qu'ils sont en maraude à l'autre bout du 12, on peut pas venir vous aider, ça doit être la batterie sortez les pinces-croco.

Adrien raccroche avec solennité, Bon on va essayer les pinces-croco si ça vous fait plaisir.

Une voiture arrive au loin, on lui fait signe, elle s'arrête. Le conducteur nous sort ses papiers stressé. Rassurez-vous monsieur, ce n'est pas un contrôle de police, c'est parce qu'on n'a plus de batterie.

Il se gare à côté et éteint le contact, moins pour nous rendre service que parce qu'il a décidé qu'on était flics, qu'il allait nous obéir et qu'ainsi tout allait bien se passer. Il est prêt à tout. Heureusement qu'on veut juste sa batterie. On met les pinces-croco en suivant les instructions du tuto YouTube, le même que la semaine dernière. Adrien a d'abord conservé sa distance vexée puis il a regardé avec moi.

Le mec relance sa voiture, ça ne démarre pas la nôtre. On vérifie nos branchements, on compare les techniques des tutos de GarageTV et de Magic-Motor, on essaie plusieurs fois. Rien n'y fait, on relâche notre suspect. Soyez prudent monsieur, bonne continuation.

— Et si on utilisait le T7 ?

— Pour ?

— Bah pour redémarrer la voiture ! On branche le défibrillateur à la batterie, et hop ça redémarre.

— Et on fait un massage cardiaque au moteur aussi ?

— Déjà les pinces-croco, c'était inutile. Mais là c'est carrément dangereux. Il ne faut jamais faire ça. Je comprends même pas que tu puisses y penser.

Adrien essaie de rester calme, alors Emma insiste :

— On regarde sur YouTube, il y en a qui ont dû essayer ! Ça c'est pas dangereux !

Après recherche Google, le chef refuse de tester puisque la batterie d'une voiture c'est 10 à 13 volts, et une décharge de défibrillateur 1 000 à 5 000 volts.

— Notre corps a vachement plus d'électricité qu'une voiture !

— Les volts c'est la tension électrique. C'est pas « l'électricité ».

— Bah on a vachement plus de tension électrique !

— Je suis sûre qu'on est meilleur que les éoliennes. Ça tourne jamais à fond, les éoliennes.

Le nez sur son téléphone, le chef s'extasie :

— Même le tramway c'est 600-700 volts !

— C'est dommage, on aurait peut-être réussi à redémarrer.

— Juste avant d'exploser.

La voiture de l'Institution est sur le trottoir. Le chef propose qu'elle y reste. On s'en occupera demain après le travail. Il n'y a rien de valeur à part le T7. On n'a qu'à rentrer à pied. Et l'uniforme ? On n'a pas le droit de se balader avec. Les recos rappellent que c'est dangereux, que ça fait de nous des cibles en cas d'attentat. On ne veut pas rentrer chez nous en cible en cas d'attentat. On n'a qu'à se changer avec les fringues qu'on donne, et on les rendra demain. On se change sur la banquette arrière, on en ressort en jogging.

Le chef repart à pied, le T7 en bandoulière. Il ne veut pas nous laisser seuls avec le T7 et nos idées géniales. Bonne soirée la belle équipe ! Bonne soirée chef ! Adrien, Emma et moi, on n'a pas envie de partir, flemme de marcher, tristesse que la soirée tourne court, envie de profiter. Le jour nous avait promis une nuit chaude. On la veut sans savoir ce qu'on attend. On reste avec Joe qui lâche sa cuillère pour lever deux pouces moqueurs en nous voyant arriver en survêt.

The car doesn't work. The car is dead. Can we sit down with you ?

Joe dit Yes. Finalement, Adrien lance une playlist sur son smartphone. Écouter les guitares électriques, voir la fumée du barbecue monter vers la nuit, trouver qu'il n'y a pas d'étoiles, que la lune est belle. On commence tous à bouger sur la musique les épaules, le cou, chacun dans son coin. Voyant le feu du barbecue faiblir, je vais ramasser des brindilles. Adrien traverse la rue pour aller chercher des bières dans la seule épicerie encore ouverte après minuit, tenue par un homme d'origine pakistanaise, ce qu'Adrien appelle aller au paki. On n'a pas le droit de boire en service mais on n'est plus vraiment en service. Mon survêt Adidas va bien avec le pack de douze rapporté par Adrien. Il les ouvre au briquet, en propose une à Joe qui en boit une gorgée et en verse dans la casserole.

Joe, Adrien, Emma et moi buvons alors qu'on a faim. Il reste deux sandwichs qu'on se partage. Je fais quatre soupes lyophilisées de l'usine de l'île Maurice, avec un peu de mauvaise conscience. J'en rachèterai pour la maraude suivante. Ça pue mais c'est pas mauvais. Ç'a surtout le goût du sel et ça brûle la langue. J'aime bien.

Quand il juge le poulet à point, Joe nous propose de le manger avec lui. On décline, on ne veut pas lui retirer le pain de la bouche et ces cuisses sans corps cuisinées par terre nous écœurent un peu. Il insiste gentiment. On se sent obligé d'accepter par politesse. On mange avec les doigts autour du feu. On ressemble à une communauté. On devrait s'organiser entre nous. Ne plus alimenter cette ville qui produit ces situations-là. La laisser tomber. Rendre l'espace public au public, détacher les moutons, autogérer nos communes et ceux qui voudront encore appeler ça des Smart Cities nous feront rire.

Quand on a fini de manger, on retarde le moment de rentrer. On gagne du temps sur le sommeil. Adrien monte le son, on ne danse pas ensemble, on danse côte à côte. Vu la violence du pogo d'Adrien, il vaut mieux. L'énergie de la musique me vient, elle a toujours été là. Elle me traverse les jambes, le cul, les bras, le crâne. L'électrique de la guitare devient le flux nerveux en moi. Joe ondule en décalage rythmique volontairement comique. On possède ce bout de ville, elle est à nous, elle est à tous. En fin de morceau, je m'assois sur la rambarde pour reprendre mon souffle et j'en profite pour regarder la Seine de nuit. Je m'ouvre une bière et la cale entre mes cuisses. Je bois à la traversée d'un bateau-restaurant avec guirlandes, à leur robe droite coupette à la main. Quand Adrien pique la bière entre mes cuisses, il est immédiatement puni : son portable s'éteint, la musique s'arrête. J'ai 8 % de batterie, on n'ira pas loin. Emma 28 % et pas d'abonnement Spotify. Toutes les batteries du monde sont à plat, la ville est déchargée.

Joe nous appelle pour nous montrer sa tente derrière le pilier, il est là depuis cinq jours. Il a déjà un peu de matériel, une couverture, un matelas sous lequel il cache une bouteille de tequila. Il suggère en riant de dormir ensemble. Laissant la proposition faire son chemin, on s'assoit tous les quatre côte à côte en survêtement dépareillé contre le pilier tagué, en faisant circuler la tequila de main en main, de bouche en bouche. La main d'Adrien joue avec les clés de la voiture. Sa main forte et militaire – la main de l'ordre – les fait danser, les lance et les rattrape. Un flux passe d'Adrien aux clés, aux braises dans les cendres du barbecue, à l'accélération du bus de nuit, au feu rouge qui passe au vert, à une voiture qui s'approche et ralentit en voyant la nôtre sur le trottoir. La voiture approchante, verte à bande grise, baisse la vitre, Bonsoir, auriez-vous vu une équipe de...

— Oui c'est nous ! On est l'équipe du 13, on vous a appelés tout à l'heure.

On se lève comme un seul homme contrit, Adrien Emma Joe et moi, laissant la tequila par terre.

— Pourquoi vous êtes habillés comme ça ?

— On ne voulait pas errer en...

— Pas rester en uniforme pour des raisons de sécurité.

La voiture se gare sur le trottoir. C'est le 12 qui vient nous aider après sa maraude. Il sort les pinces-croco pour la forme. Il nous ramènera chez nous si ça foire, on va pas y passer la nuit. On branche les pinces, la clé de la voiture du 12 est actionnée, elle lance l'impulsion électrique dans les pinces-croco qui conduisent le courant jusqu'à la batterie du 13. Au son de notre moteur qui démarre, on écarquille les yeux, on se prend dans les bras, on applaudit les sauveurs du 12. Une histoire de diesel. Les moteurs diesel ont besoin de plus de puissance au démarrage que les moteurs essence. Donc les batteries pour diesel sont plus puissantes. J'essaie de traduire les explications du 12 à Joe. On ne peut démarrer une batterie de moteur diesel qu'avec une autre batterie diesel de même puissance, alors qu'une diesel peut démarrer une essence sans problème. Notre voiture diesel démarrée, le 12 s'en retourne dans sa circonscription, et Joe à sa tente. Merci pour tout et bonne nuit. À mercredi prochain. Un flux nous pousse dans la voiture, le flux qui a lancé la combustion interne du moteur, l'a fait démarrer comme les autres au feu vert. La voiture roule avec nous dedans, elle nous a accordé une permission, maintenant elle nous ramène. On fait l'annonce radio pour personne : « Le 13 termine sa maraude, rentre au local et quitte l'écoute. » On range le matériel au bercail, les bacs hygiène, les vêtements, la nourriture. Beaucoup d'allers-retours entre le coffre et le local, d'entrecroisements, de priorités à celui qui porte par rapport à celui qui revient les mains vides. Adrien tient un thermos à chaque bras. L'un se vide dans la rue sur son pantalon et ses chaussures. J'ai oublié de verrouiller, excuse-moi. Pendant que l'eau s'écoule, il garde un air imperturbable et digne qui nous fait marrer. Il profite de la scène, de son propre ridicule. Il faut vider les thermos avant de les ranger de toute façon.

Dans la ville

On a retrouvé nos jeans et nos sweats, on a rechargé rapidement nos portables, on s'est souhaité une bonne nuit, on est retourné chez nous dormir au chaud. Nos corps de citadins confortés attendront que la ville tombe en panne pour la laisser. Ou peut-être qu'à la faveur d'un barbecue ou d'une fusée bricolée, ils auront envie de déserter la ville et on les suivra.

Table

Dans la ville

Dans ce roman, Élodie Fiabane a emprunté quelques mots aux titres de chansons suivants :

Page 92, elle cite « J'comprends pas » de PNL (*Que la famille*, QLF Records, 2015) ; page 93, « Monaco » de Houdi (*La folie des grandeurs*, La Rêverie, 2023) ; page 96, « Pookie » d'Aya Nakamura (*Nakamura*, Rec. 118, Parlophone, Warner Music France, 2019).

Imprimé en France par CPI
en décembre 2023

Cet ouvrage a été mis en pages par

<pixellence>

N° d'édition : 616691-0
Dépôt légal : janvier 2024
N° d'impression : 177382